아동문학새터

중국 연변조   . 기관잡지

차례/ 2022년 아동문학샘터 통권 제25호

아틀란티스의 상공에
출렁이는 바다

아동문학샘터 (2022년 통권 제25호)

 중국 연변조선족자치주조선족아동문학학회

연변조선족자치주
조선족아동문학학회
CKAM

중국 연변조선족자치주조선족아동문학학회 조직구성

회장, 법인대표: 김현순
명예회장: 권중철
부 회 장: 조혜선, 김미란, 신철국
사무국장: 박영희
재무국장: 김소연
조직국장: 이순희
선전국장: 권순복
대외연락부장: 신현희
사무간사: 류송미

아동문학샘터 잡지사 편집진영

주간, 발행인: 김현순
책임편집: 김미란
디 자 인: 문 초
책임교정: 나미영

투고메일: admh1234@163.com
잡지사 주소: 中国吉林省延吉市建工街开发区水晶嘉园 4-3-602
련계전화: (86) 186-0433-1682

평 론

이야기 · 수기 · 수필

우 화

편집후기/217

아동문학샘터

동심에서 샘솟는 아동문학,
그 거룩함 앞에서

□ 김현순

중국 연변조선족자치주조선족아동문학학학회 회장, 법인대표

이 세상에 어린이가 없다면 지구의 미래는 암흑으로 뒤덮일 것입니다. 어린이의 존재, 그것은 우주에로 통하는 열린 글로벌시대의 희망이고 신심입니다.

어린이를 위한 문학, 그리고 어린이다운 마음에 살고 있는 모든 사람들을 위한 문학을 통틀어 아동문학이라 일컫게 되지요.

아동문학의 핵심고리는 동심입니다. 동심의 확장은 우리 사는 세상을 순결무구한 천국으로 가꾸어 갑니다.

일찍 유럽의 와일드, 그림형제를 발단으로 하여 이 세상에 고고성을 울린 아동문학은 세기를 뛰어넘어 한민족 삶의 현장에도 깊이 뿌리를 내리고 있습니다.

중국 조선족아동문학은 중국이라는 특정된 지역에 뿌리 내린 한민족아동문학의 한 갈래로서 단군할아버지의 혈맥을 물려받은 문학입니다. 민들레 홀씨가 어디로 날아갔든 뿌리만 내리면 또 노오란 봄을 껴안고 웃어주듯이 조선족아동문학도 한겨레의 고유한 정서와 문화적 풍토를 목숨으로 간주하면서 동심을 예술로 승화시키는 작업에 최선을 다하고 있습니다.

연변조선족자치주조선족아동문학학회는 2004년 3월 5일에 창립된 사단법인단체입니다. 싹수가 보이는 신인들을 발굴하고 육성하여 작가로 발탁시키는 한편 아동문학이론의 보급과 창작지도를 바싹 틀어쥐면서 아동문학의 새로운 차원의 승화를 위하여 다양한 활동을 펼치고 있습니다.

이 학회는 한국 아동청소년문학협회와 자매결연, 한국 아동문예작가회, 한국 계몽아동문학회, 한국 동심문화원... 등 단체들과 밀접한 연락을 가지면서 「옹달샘」컵, 「동심컵」 한중아동문학상시상식, 세계아동문학상시상식, 송동익아동문학상시상식, 송웅컵아동문학상시상식, 샘터아동문학상시상식 및 국제논문발표모임과 같은 세미나를 정기적으로 펼쳐왔습니다.

금년, 18세에 나는 조선족아동문학학회는 바야흐로 청춘의 뜨거운 피가 끓어넘치는 시기를 맞이하고 있습니다.

온 세상이 4차 산업의 시대를 거쳐 이차원(異次元)의 예술영역(藝術領域)개발에 힘 다하는 오늘날, 조선족아동문학의 튼실한 앞날에 손 내밀어 악수해보며 이 세상, 모든 동심에서 퐁퐁 샘솟는 한겨레 아동문학에 경의를 드립니다.

‖ 아동소설 ‖

고갯길

□ 신철국

"저것 봐라, 딱 그림영화에 나오는 '영리한 너구리' 같지 않니? 흐흐…"

"뭐, 너구리? 쳇, 내 보기엔 엉덩이에 불이 달린 곰아저씨가 더 비슷해."

"그 옥수수를 도적질하다가 엉덩이에 불이 달린 곰아저씨?"

"으흐흐!"

어쩌다 달음박질을 할라치면 금시 도처에서 배꼽이 빠진다고 이렇게 자기를 놀려주는 체육시간을 가장 싫어하는 덕산마을의 뚱보 용이에게 있어서 오늘은 가장 즐겁고 가장 뜻깊은 날이었습니다.

왜냐 하면 "11호 전차" 용이도 내일부터는 다시는 위험한 고갯길로 통학하지 않아도 될 것이며 다시는 살까기를 하기 위해 공연히 고갯길을 택하여 헐금씨금 걸어 다닌다는 허망한 소리에 얼굴을 붉히지 않아도 될 것이니 말입니다. 그래서인지 가파로운 고갯길이라고 하지만 용이의 발걸음은 여느 때와는 달리 더없이 당당하고 씩씩해보였습니다.

"아, 끝내!"

그렇습니다. 마침내 용이도 자기의 자전거를 갖추게 된 것입니다. 꿈결에도 바라마지 않던 자전거를 말입니다. 그러면 자기도 내일부터는 여느 애들과 마찬가지로 자기 자전거를 타고 저 드넓은 국도로 씽씽 등교하게 될 테고…

"호-"

하지만 용이의 입에서는 저도 몰래 한숨이 새어나옵니다. 그것도 그럴 것이 자신이 그토록 사랑하던 개 '워리'를 희생시킨 대가였으니 말입니다. 쯧쯧, 어찌 보면 용이의 불같은 성미 때문이기도 하였습니다. 어제 방과 후 찬길이와 한바탕 싸움하고 단연히 고갯길을 톱아 올랐던 용이는 그만 산중턱에서 발목을 접질렸던 것입니다. 그 바람에 집에서는 난리가 터지고 뒤늦게야 절룩거리며 집으로 돌아온 용이는 아버지에게 난생 처음 심한 꾸중을 듣기까지 하였습니다. 한참 후에야 영문을 알게 된 아버지는 대뜸 '워리'를 어디론가 데리고 나갔고 그리고 한식경 후에야 돌아온 아버지의 투박한 손에는 백 원짜리 지폐 석장이 쥐어져있었습니다.

"내일!"

아버지는 그 돈으로 용이한테 자전거를 사준다고 하였습니다. 그저 공부만 잘하면 무엇이든지 다 사주겠다고 하셨습니다. 그러는 아버지의 얼굴은 꾸역꾸역 소나기를 준비하는 가을하늘처럼 침침하게 흐려만 있었습니다.

아, 그 무렵 아버지는 꼭 향정부소재지 어느 식당의 큼직한 가마 안 에서 허옇게 털옷을 벗긴 채 '벌렁벌렁' 울고 있을 '워리'를 아득히 추억하고 계셨을 것입니다. 어느 해 겨울철 목재 부업하러 심심산골로 올라갔을 때 굶주린 승냥이의 주둥아리에서 용감하게 자신을 구해주었던 '워리'의 정의로운 모습을 그려보면서 말입니다.

"호-"

정말이지 이제 고작 열세 살에 나는 용이로서도 여간만 안타까운 일이 아닐 수가 없었습니다. 얼마나 영리한 토종개였다고 그럽니까!

머루 따러 갔다가 길을 잃으면 곱게곱게 집으로 안내해주고 밭에서 일하시는 아버지에겐 도시락 심부름도 제법 잘했었는데…

그러나 한편으로는 도무지 이해할 수 없는 일이기도 하였습니다. 60여 년을 하루같이 우리말과 우리글을 가르쳐왔던 용이네 덕산마을학교가 왜서 폐교해버렸는지 말입니다. 어른들로부터 귀동냥해 들은 말로는 학교에 다닐 수 있는 아이들이 금이 간 항아리 속에 담겨있던 물처럼 자꾸만 줄어들기 때문이라고 하셨는데 그게 과연 진짜 원인인지?… 하긴 폐교하기 전에 덕산마을학교의 전교 학생은 고작해야 스물세 명에 불과했습니다. 그러던 어느 날 병환에 계시던 교장선생님이 퇴직하시고 담임교원으로 계시던 상고머리 총각선생님도 향소재지마을학교로 전근하시고 그리고 그리고… 덕산마을 애들은 분분히 앞마을 뒷마을 학교들로 전학하게 된 것입니다. 그중 향소재지마을학교는 용이네 마을과 제일 멀리 떨어져 있었습니다. 하지만 용이는 단연히 향소재지 마을학교를 선택하였습니다. 왜냐하면 덕산마을학교에서 용이한테 수학을 가르쳐주던 상고머리 총각선생님이 그곳으로 전근해갔기 때문입니다. 작년 시 소학생수학콩쿠르에서 용이가 2등을 따내게 된 것도 모두 그 총각선생님의 세심하고 따사로운 가르침이 있었기 때문이었습니다. 그래서인지 용이의 눈에는 그 수학선생님이 마치 화라경, 진경윤 같은 대수학자처럼 보였습니다. 또한 이런 선생님을 모시고 공부할 수 있다는 건 행운이란 생각도 하였습니다…

"야, 시원하다!"

이윽고 산 고개에 올라선 용이의 얼굴로 시원한 미풍이 산들거리며 지나갔습니다. 무엇이 그토록 즐거운지 이름 모를 산새들도 재잘재잘 노래하는 참으로 쾌청한 아침입니다. 용이는 잠간 이마에 돋은 구슬땀을 손등으로 훔치고는 습관처럼 이마에 손채양을 하였습니다. 저 앞 국도로 앞서기니 뒤서거니 자전거를 타고 오는 한마을 아이들이 알른알른 시야에 날아듭니다. 참으로 부러운 모습입니다. 통학을 시작하여 며칠까지만 하여도 저 애들의 자전거에 앉아 때맞춰 등교를 하였었는데…

죄다 향소재지마을에 살고 있는 한 학급 동창 찬길이와의 싸움 때문이었습니다. 자기 아버지가 토월향중심소학교의 교장이라고 늘 시뚝거리는 찬길이는 정말 학급에서 소문이 자자한 애꾸러기랍니다. 학교를 코앞에 마주하고도 빈들빈들 자전거를 타고 다니는 게으름뱅이인가 하면 통학하는 덕산마을 애들의 자전거바퀴의 김도 훌쭉하게 **빼놓아** 아버지로부터 몇 번인가 욕을 먹고 몇 번인가 머리에 꿀밤을 먹고 다녀도 아버지만 돌아서면 금방 손발이 근질거리는 심술쟁이이기도 합니다.

그런 찬길이가 어제는 한창 하학 준비로 자전거 바퀴에 펌프질을 하고 있는 덕산마을 애들 앞에서 냅다 용이를 시까스르기 시작했습니다.

"으이구, 저 풍보 같은 게. 남의 자전거 뒤에 **뻔뻔**스레 앉아 다니면서도 부끄럽지 않은 모양이지. 으이구, 이 바보 같은 것들. 나 같으면 저런 걸 앉혀주고 수고비로 1원이래도 받겠다. 쳇."

"뭐?!"

순간 용이는 모닥불을 뒤집어쓴 것 마냥 얼굴이 화끈 달아올랐습니다. 너무도 기가 차고 억이 막혀 말도 잘 나가지 않았습니다. 한 마을에 사는 아래학급 누이동생이 홀쭉해진 자전거 바퀴(백퍼센트 찬길이의 수작입니다.)에 김을 넣어 달라고 하기에 별수 없이 순서를 기다려 펌프질을 해주고 있는데 이거라고야!… 단통 찬길이의 그 메기입을 국물도 못 마시게 때려주지 못 하는 것이 한스러울 뿐이었습니다.

"이, 이 '묵은돼지' 같은 게 아무것도 모르면서…"

"뭐, 뭐라구?"

순간 찬길이의 뱁새눈이 딱 부릅떠집니다. 아차, 그렇군요. '묵은돼지'란 찬길이의 별명이랍니다. 작년 2학기 기말시험 복습 때 불시로 급성맹장염에 걸려 수술하는 통에 별수 없이 재학을 하게 된 찬길이지요. 그래서 자기보다 나이 어린 애들과는 만나기도 싫다며 이틀씩이나 단식투쟁을 벌리던 끝에 종내는 할아버지가 들이민 고소한 호두알 앞에 투항하고…

그래서인지 누군가 '묵은돼지'라는 이 불명예스러운 별명을 부르기만 하면 무작정 일급전투준비로 들어가는 투우장의 들소 같은 녀석입니다.

"야, 뚱보 니 방금 뭐라고 했지?"

"'묵은돼지'라고 했다. 왜?"

"뭐야!"

성이 독같이 오른 찬길이가 그때 땅바닥에서 돌멩이를 주어들고 번개같이 용이를 습격하려는데

"아니, 이 녀석이!"

하고 어디선가 호통소리가 터지더니 막 용이한테로 돌격하던 찬길이가 픽! 하고 저만큼 나동그라졌습니다.

"이 녀석들이 어디서 싸움질이야! 엉?"

때마침 찬길이를 밀쳐놓은 사람은 다름 아닌 찬길이의 아버지인 교장선생님이었습니다.

"저, 용이가 먼저 내 별명을…"

"뭐야, 이 녀석!"

교장선생님은 그렇게 변명하는 찬길이에게 딱! 소리 나게 꿀밤을 먹여주더니 용이한테로 고개를 돌렸습니다.

"너 덕산마을에 사는 모양이구나."

"예."

용이는 혀아래 소리로 대답하였습니다.

"근데 넌 자전거는 어쩌고?…"

"저, 저…"

용이는 떠듬거렸습니다. 그제야 교장선생님은 알만하다는 듯 "후―" 한숨을 내쉬며 지나가는 말처럼 중얼거렸습니다.

"참, 그 먼 길을 자전거도 없이… 하긴 네 부모들도 답답하구나. 이 세월에 자전거가 몇 푼이나 된다고 허참."

"예?"

순간 용이는 무슨 정신으로 책가방을 둘러멘 채 부리나케 덕산마을로 통하는 학교 뒷산 고갯길로 줄달음을 놓았는지 모릅니다. 따끔! 벌에라도 쏘인 듯 화끈해나는 얼굴로는 뜨거운 눈물이 소리 없이 줄줄 흘러내리고 있었습니다.

아, 자전거! 자전거!… 용이의 눈앞에는 오직 자전거밖에 보이지

않았습니다. 당장 부모님들이 자전거를 사주지 않으면 아주 학교를 그만두어야 하겠다는 비장한 생각까지 들었습니다. 이날따라 울퉁불퉁한 고갯길은 늘차기도 합니다.

"아이쿠!"

불현듯 용이는 발을 헛디디며 앞으로 푹 넘어가고 말았습니다.…

어느덧 고갯길을 내려서는 용이의 시야로 드문드문 벽돌집들이 안겨오기 시작하였습니다. 그렇습니다. 저렇게 신록이 짙어가고 있는 나무숲사이로 오불꼬불 내려간 오솔길이 금방 끝나는 곳이면 바로 향소재지마을 뒷자락이랍니다. 그리고 거기에서 5분 정도만 깡충깡충 뛰어가면 바로 용이의 용꿈이 무르익어가고 있는 토월향중심소학교구요.

"따르릉!"

그때 바람결에 아침종소리가 실려 왔습니다. 아이참, 야단입니다. 오전 첫 수업이 시작된 것입니다. 틀림없는 지각입니다.

"아아…"

용이는 두 주먹을 쥐고 천방지축 산 아래로 달려 내려가기 시작했습니다. 어제 접질린 발목이 시큼시큼 아파왔지만 언제 그걸 살필 겨를이 없었습니다. 잔등에서는 가방안의 필통이 아프다고 "달그락! 달그락!" 아우성을 칩니다. 얼결에 수학선생님의 얼굴도 떠오릅니다. 근엄하기로 소문이 높은 수학선생님이십니다. 이름 높은 대학교를 졸업하신 분이여서인지 응용문제랑 수학공식이랑 알기 쉽게 차근차근 가르쳐주신답니다. 특히 학급에서도 수학을 제일 잘하는 용이를 특별히 사랑해주시는 선생님이시지요.

그런데 오늘 선생님의 수학시간에 지각을 하다니!

용이는 목에 겨불내를 토하며 드디어 학교마당에 들어섰습니다. 휑뎅그렁한 교정입니다. 누가 떨구었는지 발치에서 노오란 유리알이 둘씩이나 반짝거렸지만 용이는 주을 염도 하지 않고 곧장 대문을 밀고 들어가 복도로 종종걸음을 놓았습니다.

이윽고 "4학년 2반"이라고 쓴 교실 앞에서 용이는 잠깐 걸음을 멈추고 교실에서 들려나오는 동정에 귀를 기울였습니다. 하지만 웬 영문인지 선생님의 귀 익은 목소리는 들려오지 않았습니다.

'응?'

이상한 생각이 들었습니다. 어김없이 시간을 준수하던 선생님이었는데?

"용이 학생, 빨리 교실로 들어가지 않고 여기서 뭐합니까?"

갑자기 등 뒤에서 조용한 음성이 들려왔습니다. 조용한 음성이라고 하지만 용이는 와뜰 놀라고 말았습니다. 어마지두 고개를 돌려보니 교장선생님께서 무거운 표정으로 서계셨습니다. 이크, 용이는 황급히 교실로 들어갔습니다. 뒤미처 교장선생님도 따라 들어오셨습니다.

교장선생님은 용이가 자리에 앉자 교편으로 "똑똑똑!"교탁을 두드렸습니다. '조용하라'는 표현입니다. 순간 교실 안은 물 뿌린 듯 조용해졌습니다. 그러자 교장선생님은 엄숙한 눈길로 한동안 동학들을 빗질하더니 무겁게 입을 열었습니다.

"저, 동무들 오늘 시간에는 어제 배운 과목들을 자체로 자습하도록 하겠습니다. 자, 그럼 먼저 수학부터 자습하도록, 으흠."

그 말이 끝나기가 바쁘게 교장선생님은 손목시계를 내려다보시더니 바삐 교단을 내려서 밖으로 나가려다말고 휙 몸을 돌려 용이한테로 다가왔습니다. 언제 지니고 있었는지 교장선생님의 바른손에는 똑바로 가운데를 접은 하얀 편지봉투가 쥐어져있었습니다.

"으흠."

용이 앞에 다가온 교장선생님은 습관인양 다시 한번 건 가래를 떼더니 입을 열었습니다.

"이건… 너한테 전하라고 수학선생님이 부탁하던데 우선 공부를 한 다음 휴식시간에 보도록, 들었지?"

"예? 수학선생님께서요?"

용이는 반사적으로 교장선생님이 건네주시는 편지봉투를 받으며 고개를 끄덕이었습니다.

"자, 그럼 지금부터 자습하도록, 으흠."

교장선생님은 또다시 건 가래를 떼고는 총망히 밖으로 나가셨습니다. 무슨 급한 일이라도 생긴 것 같은데…

'혹시 담임선생님께서?… '

그때였습니다. 용이의 앞 책상에 앉아있던 찬길이가 괴상하게 기지개를 켜더니 "히히히" 너털웃음을 터뜨리기 시작했습니다.

"잘됐다, 잘됐어. 인젠 '네눈박이'가 없어졌으니 시원하게 됐구나. 히히히…"

"뭐?"

"네눈박이"란 도수 높은 안경을 쓰고 다니던 수학선생님의 별호입니다. 수학에 꼴찌인 찬길이만이 가장 싫어하는 선생님이지요. 그런데 그 수학선생님께서? 설마…

"하하하! '네눈박이'가 학생들은 점점 떠나가고 월급도 몇 푼 안되고 전도도 없는 이까짓 조선족학교의 교원노릇은 그만 두겠다며 엊저녁에 우리 아버지를 찾아왔더라. 그러면서 하는 말이 자기는 이제 곧 청도에 있는 어느 한국기업에 중국어통역으로 간다던가? 월급도 많이 준다더라."

"아…"

그 말에 용이는 금방 다리맥이 풀리며 사지가 나른해졌습니다. 삽시에 피곤이 밀려오는 것 같았습니다. "월급도 몇 푼 안 되고 전도도 없는 이까짓 조선족학교의 교원노릇을 그만뒀다"는 말을 듣자 얼마 전부터 큼직한 양돈장으로 바꾸어버린 이전의 덕산마을학교가 떠올랐습니다.

찰나 용이는 교장선생님이 주고 간 편지봉투를 재빨리 터뜨려 보았습니다. 안에는 낯익은 필체로 쓴 짧은 편지가 들어있었습니다.

"용이야-"

약간 왼쪽으로 기운 수학선생님의 달필입니다.

"살아가자니 별수가 없구나. 미안하다. 네가 소학교를 졸업할 때까지는 가르치려고 했는데 남보다 잘 먹고 잘 살자고 하니 뜻대로 안되는구나. 한 세상 이렇게 시골에서 살 수도 없는 노릇이고. 아무쪼록 학습에 노력하여 앞으로 큰 기업가가 되길 바란다. 그래서 우리 민족의 사립학교도 꾸리고. 그러면 선생님도 네가 꾸린 학교에 선생노릇 하러 다시 교편을 잡을란다. 네가 불러주면 말이다. 허허허… 그럼 학습에서 게으름을 피우지 말고 열심히 노력하기를 바라면서 이만 줄인다. 혹 수학공부에서 모를 문제들이 있으면 아래에 적힌 선생님의 전화번호로 연락주거라. …너의 수학선생님으로부터"

"아, 선생님…"

편지를 다 읽은 용이는 한참동안 책상 위에 고개를 숙이고 있다가 번쩍 쳐들었습니다. 그리고는 대뜸 그 편지를 갈기갈기 찢기 시작하였습니다. 그러는 용이의 두 볼로는 샘 같은 눈물이 하염없이 흘러내렸습니다.

"아버지-"

이 시각 용이는 오늘 아침 현성으로 올라간 아버지가 제발 자전거를 사오지 말기를 간절히 바라고 또 바랐습니다. 아무리 변속기 달린 자전거라 하여도 말입니다.… 그렇게 간절히 믿어온 수학선생님이 결국은 "월급도 몇 푼 안 되고 전도도 없는 이까짓 조선족학교의 교원노릇"을 접고 한국기업에 중국어통역으로 들어가다니. 수학선생님을 찾아 집과 가까운 학교와는 달리 멀리 떨어진 향중심소학교를 택하였었는데…

‖ 아동소설 ‖

엄마의 발

□ 윤옥자

   산과 들이 초록 옷을 갈아입은 초여름 어느 일요일, 엄마는 내가 제일 잘 먹는 팝콘을 작은 주머니에 가득 넣은 것을 주면서 말했다.

"이것을 먹으면서 내가 없는 동안 잘 있어라. 소영에 있는 아재 집에 갔다 오겠다."

"네? 오늘 저녁에 와요?"

"못 온다. 일곱 밤을 자고 오겠다."

   그 말에 나는 기가 막혔다. 일곱 밤이라니? 나는 이때까지 엄마와 이렇게 여러 날 떨어진 적 없다. 무작정 떼쓰면서 따라가자고 하니 학교에 가야 하기 때문에 그렇게 할 수는 없고 어머니께 사정해 보기로 했다.

"엄마 딱 두 밤만 자고 오면 안 돼요?"

"안 된다. 네 아재가 아프다는데 일곱 밤도 모자란다."

나는 더 할 말을 잃었다. 엄마가 문을 나서자 나도 따라나섰다.

"오지 말려무나. 기차가 떠나면 넌 혼자서 오겠으니 차라리 오지 말고 집에서 놀렴."

나는 아무 말 없이 엄마 앞에서 걷기 시작했다.

길옆 풀밭 속에서 노란 민들레꽃과 할미꽃이 생긋이 웃고 있었지만 나는 못 본 척 하고 지나갔다. 날 두고 떠나는 엄마가 야속하게 생각 되었고 또 혼자 떠나는 엄마가 걱정되기도 했다. 밤마다 엄마 이불속에 들어가 엄마를 꼭 끌어안고 자던 내가 일곱 밤이나 엄마를 볼 수 없다고 생각하니 엄청 큰 슬픔으로 다가왔다. 사실 나는 그때 소학교 2학년이었는데 딱 하룻밤 떨어진 적 있었다. 그 한밤도 악몽으로 하여 병원 신세를 진 일 있었다.

그 후로 여태껏 한밤도 엄마와 떨어진 적 없다.

저 앞에서 달구지가 오고 있다. 짐을 가득 실은 엄마소 목에는 방울이 딸랑딸랑 소리를 내고 어린 송아지는 엄마소와 발을 맞출 수가 없어서 걷다는 달음박질하고 또 걷다는 달음박질하면서 따라가고 있었다.

그래도 나는 송아지가 부러웠다. 어디든 엄마와 함께 가고 있으니 말이다. 방울은 계속 딸랑딸랑 소리 내며 송아지에게 한 눈 팔지 말고 따라오라고 암시했다.

우리는 기차역에 도착했다. 엄마가 검표를 하고 나갈 때 나는 재빨리 밖에 나와 작은 콘크리트 기둥으로 촘촘히 두른 울타리에 매달려 한 번이라도 엄마를 더 보려 했다. 도문역에는 철길이 여러 갈래로 어찌 많은지 저쪽에 있는 차를 타려면 구릉다리를 건너야 한다. 엄마는 구릉다리 입구로 들어가면서 나에게 빨리 집으로 가라고 손짓했다. 나도 엄마에게 손짓하면서 속으로 엄마가 무사히 갔다가 빨리 오기를 기원했다. 나는 선 자리에서 움직이지 않고 구릉다리 저쪽 출구에서 나오는 엄마를 다시 한번 더 보려고 저쪽 출구만 주시했다. 많은 사람들이 출구가 꽉 차게 밀려나가고 있었다.

(나는 정말 운이 좋은 아이야! 어떻게 저리 좋은 엄마를 가질 수 있었을까?)

긴 머리를 곱게 똘똘 말아 올리고 은비녀를 꽂아 마무리한 머리, 귀밑에 몇 오리 머리칼이 흘러내린 긴 목은 항상 끌어안고도 또 안고 싶은 따뜻한 목이었다. 환한 얼굴, 보통 키에 말수는 적으나 사람들과 머리 숙여 인사하고 부드러운 미소와 눈빛으로 답하는 엄마! 나는 엄마만 곁에 있으면 세상 무서운 것 하나도 없었다. 엄마는 내 생명으로도 바꿀 수 없는 유일한 존재였다.

갑자기 요란한 소리가 들리더니 시커먼 화물차가 고동을 울리며 구릉다리 밑으로 내 앞을 턱 가리고 멈춰 섰다. 출구에서 나오는 사람들을 볼 수 없게 되었고 화물차도 움직이지 않는다. 나는 얼른 땅에 엎드려 화물차 밑으로 엄마가 나오는 출구를 주시했다. 사람들은 보이지 않고 무수히 움직이는 발들만 보였다. 나는 낙심하지 않고 엄마발이라도 꼭 보려 했다. 아예 땅바닥에 두 다리와 배를 딱 붙이고 엎디어 두 눈을 똑바로 뜨고 쏟아져 나오는 발 중에 엄마발이 보이기를 기다렸다. 얼마간 엎디어있는데 아, 엄마발이다! 깨끗하고 소박한 신을 신은 엄마의 발이 까만 몽당치마 밑에서 무게 있게 천천히 걷고 있었다. 나는 너무 기뻐서 소리칠 번 했다. 엄마 발은 앞으로 조금 걷더니 무수한 발들 속에 자취를 감추고 말았다. 지금쯤은 엄마가 차에 오를 것이라 생각했다. 다른 발들도 다 보이지 않았다.

나는 땅에서 일어섰다. 볼에 박혔던 모래알이 옷섶에 뚝뚝 떨어졌다. 나는 손으로 쓱쓱 닦고 기차가 기적을 울리며 떠난 후에야 집으로 향했다.

비록 엄마와 떨어졌지만 엄마 발을 본 것으로 하여 무거운 마음을 달랠 수 있었다. 나는 집으로 돌아오며 생각했다. 엄마발도 나를 찾은 것 아닐까? 그렇지 않고서야 어찌 그 많은 발무리 속에서 나와 엄마 발은 서로를 볼 수 있었을까? 내가 기쁜 것처럼 엄마발도 무척 기뻤을 것이야! 이제 엄마발이 오면 물어봐야지.

나는 고개를 쳐들고 기쁜 마음으로 집을 향해 걸었다.

이빨은 하얗게 빛났다

□ 김미란

1

장밤 악몽을 꾸고 난 명수는 흐리멍덩한 기분으로 주섬주섬 책상을 정리하였다. 자기 기분과는 전혀 관계없이 손님을 맞을 준비만 하는 엄마가 얄미워 명수는 엄마의 뒷잔등을 눈이 째지게 흘겨보았다.

명수가 방에서 나오는 기척이 없자 엄마는 이상한 생각이 들어 허둥지둥 달려와 물기가 가득한 손으로 명수의 이마를 짚었다.

명수는 김빠진 목소리로 응대하면서 엄마의 젖은 손을 뿌리쳤다.

엄마의 불안한 눈길과 마주치자 명수는 목구멍까지 올라온 말을 꿀꺽 삼키며 준비해둔 도시락을 들고 문을 나섰다.

(거짓말을 하여 엄마의 돈을 얼려낼 수는 없어, 이럴 줄 알았더라면 얻어먹지도 않았겠는데… 오늘 또 그 게걸쟁이들이 문턱 값을 낼라고 지청구를 들이대겠지?! 먹이고 도리어 받아먹을 거면 사주지나 말거지…)

명수는 힘없는 눈으로 등곳길에 오른 애들을 바라보면서 한숨을 뱉었다. 짓궂은 게걸쟁이들을 만날까봐 골목길을 에돌아 교원전용 대문을 향해 걸음을 옮기였다.

명수는 시골학교에서 전학해온 아이이다. 키는 기린처럼 껑충하게 컸고 동글납작한 얼굴에 부리부리한 쌍겹눈을 가지였다. 도톰한 입술은 어딘가 어리무던한 느낌을 주었다.

전학해온 첫날부터 애들의 눈치는 달랐다.

"우리 반에 부잣집 아들이 전학해왔단다. 저 애네 집이 소문난 '사랑김밥'이야."

"운동화도 운동복도 모두 '나이키' 브랜드구나. 부잣집은 뭐든 다르구나."

"가짜는 아니겠지!"

애들의 비웃음 속에 묻혀 허우적거리는 명수의 모습은 꽃밭 속의 쑥대처럼 초라하고 가냘펐다.

명수는 서먹서먹한 눈길로 가짜라고 말하는 애를 피끗 바라보았다. 수철이라 부르는 애는 짧은 상고머리를 하였는데 앞머리는 한 모숨 되게 길게 자래워 이마 위에서 입을 나불거릴 때마다 달랑거리었다.

비죽거리는 빨간 입술 사이로 덧이를 교정하려고 씌운 보철교정장비가 싸늘한 빛을 뿌리였다.

휴식시간이면 아이들은 곡마단의 원숭이를 구경하듯이 명수를 둘러쌌다. 어데서 얻어들었는지 아이들은 엄마가 금방 시내에 들어왔을 때 손수레를 밀고 김밥장사를 한 일을 알고 '풍막수레'라는 별명을 달아주었다.

애들이 놀려줄 때면 명수의 속눈썹에는 억울함을 참는 눈물이 그들먹하게 고이었다.

휴식시간이면 아이들은 목에 핏대를 살려가면서 자랑을 하였다.

모두 '자랑대학'을 나왔는지 명수는 근처에도 가지 못 했다.

"우리 엄마는 어제 임플란트 수술을 했단다. 이빨 한 대 가격이 만 원이 넘는단다. 7대나 했으니 농촌 벽돌집 한 채를 입에 물고 다니는 셈이지!"

명수의 눈앞에는 치담으로 고생하는 엄마의 모습이 선히 떠오르며 가만히 한숨을 툜았다.

명수는 엄마가 손톱으로 돈을 모아 지금의 김밥집을 일떠세운 것을 잘 알고 있다. 세집에서 살면서 김밥집을 경영한다는 사실을 아이들이 알아낼까봐 속이 조마조마했다.

미려의 엄마는 나이트클럽에서 노래를 부르는데 팁만 해도 일반 사람들의 한 달 노임에 맞먹는다고 자랑하였다. 미려는 가끔 표를 갖고 와 아이들한테 나눠주면서 으시댔다.

"미성년자들이 나이트클럽 방문을 금지한다고 하지만 우리 엄마 이름만 대면 들어올 수 있단다. 울 엄마 노래가 끝나면 박수 많이 쳐 달라. 박수 값으로 한 턱 낼게!"

"쟤네 엄마 우리 집에 세 들었어. 코로나 때문에 장사 안 된다고 너무 애걸복걸해 이번 달 집세도 몇 번이고 미루었단다."

수철이도 이빨교정 장치에 고춧가루가 낀 줄도 모르고 으시댔다.

명수는 여직까지 엄마의 애호가 무엇인지 몰랐다. 드라마도 전혀 보지 않는 엄마다.

엄마는 <가요무대>에도 눈길 한번 주지 않는다.

명수는 어딘가 모르게 자랑할 만한 구석이 없는 엄마가 원망스러웠다. 사시절 헐렁한 꽃바지에 앞치마를 두르고 김밥만 만드는 엄마의 모습은 보기에도 민망할 정도로 초라했다.

김밥이란 말만 들어도 명수는 눈살을 찌푸렸다. 지친 몸으로 퇴근해 집에 들어서다가도 이튿날이면 시계처럼 김밥집에 나가군 하는 엄마다.

글짓기에 장끼가 있는 명수는 여러 편의 작문을 잡지에 발표하였다. 그중 몇 편은 TV프로에 나오기까지 하였다.

그때부터 아이들은 다른 눈길로 명수를 바라보았고 또 도움을 청하려고 명수의 주위에 모여들었다.

반급에서 아이들의 인기를 독차지하던 수철이는 아이들의 눈길이 명수한테 돌려지자 분통이 터져 죽을 지경이었다.

"게절싸한 촌닭 때문에 내 꼴이 뭐야? 백일장에서 등수가 오르면 내 손바닥에 장을 지지겠다. 지금 백일장은 짜고 치는 고스톱이란 말을 들었어! 등수가 사전에 다 정해졌다던데?"

수철이는 명수의 뒤통수에 대고 주먹질을 해댔다. 그런데 명수는 백일장에서 금상을 따내 전교의 뉴스인물로 되었다.

"야, TV작문으로 각색했더구나. 축하한다."

아이들은 주위에 모여들어 축하의 박수를 보냈다.

수철이는 자신이 꿰온 보리자루처럼 무시당했다는 생각이 들었다. 저도 몰래 책상을 치면서 소리쳤다.

"니들 더운데 모여들어 뭐 하니? 사람 구경 못 했어? 당장 꺼져!"

애들은 불만스러운 눈길을 던지며 물방울처럼 흩어졌다. 수철이는 속에서 부글부글 끓는 울화를 누를 수 없었다.

수철이는 여느 아이들보다 소비돈을 통이 크게 팍팍 썼다. 세뱃돈을 갖고 반급에서 주먹이 센 몇몇 아이들을 식당에 청해 먹였다. 적지 않은 아이들은 수철이한테 잘 보이려고 명수한테 공공연히 트집을 잡았다.

"야, 더 신체가 단단하구나! 어디서 태권도를 배웠니? 몇 단이니?"

이렇게 말하면서 잔등에 강타를 안기였다. 명수가 주먹을 쥐고 반격하려고 하면 아이들은 안걸이를 걸어놓으며 방해를 놓았다. 바닥에 엉덩이를 찧으며 넘어져도 명수는 이를 악물고 덤벼들었다. 어리숙할수록 더 업신여기는 것 같아 지더라도 만만하지 않다는 인상을 남기고 싶었다.

2

명수는 시골학교가 그리웠고 도시로 올라온 것이 후회되었다. 명수가 살던 시골마을은 집이라야 빨간 기와모자를 무겁게 눌러쓴 집 일여덟 채가 소꿉장난하듯이 이마를 맞대고 수군댈 뿐이다. 순박하던 마을사람들은 어느 사이엔가 도시와 시골로 뿔뿔이 떠나버렸던 것이다.

설상가상으로 난데없이 고속도로가 뚫리면서 면도기로 수염을 밀어버리듯이 마을을 밀어버리었다. 추억으로 남아있던 마을은 가뭇없이 사라졌다.

토지 보상금으로 10여만 원이 나왔지만 아빠가 쥐 소금 녹이듯이 야금야금 마작판에 처넣었다. 명수의 공부 때문에 도박 빚을 갚고 남은 돈으로 시내에 올라왔다.

8평방도 되지 않은 작은 가게에서 김밥을 파는 엄마, 때로는 조무래기들한테까지 수모를 당하는 어리무던한 엄마…

(학교에서 돈을 거둔다고 말해볼가? 안 돼! 이틀 전에 80원을 냈는데… 얼마나 많은 김밥을 팔아야 아이들한테 한턱 낼 수 있을까?)

명수네 반 아이들은 군입질이 대단하였다. 하학하기 바쁘게 부근의 분식집에 들어가 사 먹군 하였다.

명수는 아이들이 소비돈을 많이 가져 날마다 분식집에서 통이 크게 돈을 쓴다고 생각했다. 시간이 지나서야 명수는 아이들한테 돈을 얼려내는 특수한 재간이 있다는 것을 알았다.

명수는 아글타글 돈을 버는 엄마에게 거짓말을 해서 소비돈을 갖고는 싶지 않았다. 아이들이 깍쟁이라고 놀려줄 때면 정말 쥐구멍에라도 숨어버리고 싶었다.

"야, 문턱값을 낼 때가 되었는데 왜 그렇게 아닌 보살 하는 거니?"

"김밥집 사장 아들이 이렇게 깍쟁이일 줄 몰랐다. 촌닭과는 정말 통하지 않는구나. 어쩌겠니! 형님인 셈 치고 내가 먼저 사줄게. 다음엔 꼭 네가 사거라!"

수철이가 아이스크림을 내밀면서 얄궂게 말하였다. 명수는 아이스크림의 유혹을 이기지 못하고 저도 몰래 손을 내밀었다.

명수는 '촌닭'이요, '깍쟁이'란 말이 듣기 싫었다. 다른 아이들처럼 한 턱 내고 인기를 얻고 싶었다.

"단돈 십 원도 없는데… 오징어구이를 사려 해도 일주일 동안의 소비돈이 날아날 것이다. 뻐스비를 아낀다 해도 어림없을 것 같은데? 버스카드 안의 돈을 꺼내 쓸 수 있다면 좋으련만…"

명수는 오랫동안 고민하다가 반급비 50원을 거둔다고 거짓말을 하였다. 김밥 냄새에 젖어든 돈을 얼려내긴 했지만 자책감이 들어 그 돈을 쓰지 못하고 양말목에 깊이 감추어 두었다.

3

떨어진 학과목을 보충 받고 싶었지만 누구 하나 명수한테 눈길조차 주지 않았다. 교문 앞은 장사꾼들로 붐비었다. 고추장을 빨갛게 바른 떡볶이나 오징어구이를 아이들의 입가에 갖다 대고 너스레를 떨면 아이들은 어쩔 수 없이 사먹었다.

어떤 아이들은 불량음식을 사먹고 며칠 동안 결석하였다. 선생님들이 불량음식을 사먹지 말라고 주의를 주었지만 아이들은 듣는 척도 하지 않았다. 교문 밖에서 난전을 벌이지 못하게 강조하였지만 장사꾼들은 날마다 새끼를 쳤다.

"얘들아, 오늘 촌닭의 돈을 좀 후려먹자!"

수철이는 몇몇 가까운 애들의 귀가에 대고 소곤거리였다.

"명수야, 오늘은 네가 한 턱 내면 어떻겠니? 우리 오징어구이를 사먹자!"

수철이의 입술사이로 치아교정 장치가 명수를 보고 싸늘하게 웃고 있었다.

명수는 싫다고 말할 수 없었다. 돈이 있었기에 무엇보다 속이 든

든하였다. 명수는 아이들한테 밀리여 어정쩡해서 장사꾼 앞에 다가섰다.

수철이는 두 손에 두 개씩 갈라 쥐고 게 눈 감추듯이 먹어댔다. 어떤 아이들은 콜라까지 청해 마셔댔다.

명수는 돈이 모자랄까봐 안절부절 못하였다.

"야, 그만 먹어라. 나한테 50원 밖에 없다."

수철이는 입가에 고추장을 잔뜩 발라가지고 욕질하였다.

"야, 깍쟁이 같은 게 고까짓 50원도 돈이니? 니 먼저 내라. 내일 먹은 거 줄게!"

명수는 꼬깃해진 50원짜리를 주인아저씨한테 내밀었다.

"70원이다. 죄꼬만 아이들이 벌써부터 외상치기니? 내일 너네 부모 데리고 와 책가방을 찾아가거라!"

주인아저씨는 험상궂은 표정을 하고 명수의 책가방을 빼앗으며 윽박질렀다.

"아저씨, 내일 돈 꼭 가져올게요. 시험 치르는데 가방 빼앗으면 어떡해요!"

교문 뒤에 숨어서 이 모든 것을 지켜보던 수철이는 깨고소해 하였다.

4

집에 돌아온 수철이는 케이크를 먹으면서 컴퓨터에 마주앉았다. 이때 방문이 열리는 소리가 들리더니 엄마가 김밥을 접시에 담아들고 들어섰다.

수철이는 시답지 않은 눈으로 김밥을 바라보다가 엄마와 눈길이 마주쳤다. 언제나 해맑던 엄마의 얼굴이 비오기전 하늘마냥 흐려져 있었다.

"엄마, 어디 아픈가요?"

수철이의 물음에 엄마는 긴 한숨을 내쉬면서 말하였다.

"엄마는 오늘 우연히 김밥집에 들어갔다가 오랫동안 못 만났던 친구를 만났단다. 만약 그가 아니었더라면 나의 오늘도 없었을 거다."

"뭐라구요? 엄마의 오늘이 없다니?"

"젊은 시절, 내가 뱀한테 물린 것을 구해줬단다."

"그럼 엄마의 구명은인이네요. 왜 모셔오지 않았나요?"

"김밥집을 경영하면서 겨우 풀칠하더구나. 코로나 때문에 지금 더구나 말이 아니더라. 그 집 아들이 너와 한반이더구나. 이름이 뭐라더라? 옳지! 명수라더라!"

순간 수철이의 머릿속에는 어리무던한 명수의 모습이 떠올랐다. 장사꾼의 옷자락을 부여잡고 울던 모습이 선히 떠올랐다.

명수의 엄마가 엄마의 생명의 은인이라니! 수철이는 심한 자책감에 빠졌다.

수철이는 불에 덴 듯 뛰어 일어나 서랍 안에서 돈을 꺼내들었다…

5

저녁을 대충 먹은 명수는 침대에 벌렁 누워 천정을 멍하니 올려다보았다. 기름때가 덕지덕지 매달린 난전구석에 처박혀 있을 책가방을 떠올리니 가슴이 아릿해났다.

"명수야, 책가방을 가져오너라. 아침에 보니 옆차기가 따졌더구나."

"책, 책가방? 빼… 아니요. 숙제를 다 하고 학교에 두고 왔어요."

명수는 얼굴이 빨개서 말을 더듬었다. 길가의 가로등 불빛이 가게 안을 비추었다. 올망졸망 양념통들이 명수를 걱정어린 눈길로 바라보고 있었다. 낮이면 김밥집, 밤이면 자연스럽게 집으로 변신한다.

엄마는 명수한테 침대를 양보하고 밤이면 걸상을 붙여놓고 잠을 자군 하였다.

엄마는 잠꼬대까지 하면서 정신없이 자고 있었다. 엄마는 잠을 자면서도 김밥을 팔고 있었다.

"어서 오세요. 소고기 김밥 한 줄에 15원입니다."

명수는 좀처럼 잠들 수가 없었다. 책가방이 없이 어떻게 교실에 들어갈까! 어데 가 외상돈을 구할까?

엄마의 코고는 소리가 점점 높아지자 명수는 살금살금 일어났다. 옷걸이에 걸린 엄마의 돈주머니를 살며시 벗겨 내리었다.

물기에 차분해진 부스럭 돈이 손끝에 맞혀왔다. 돈이 가득 들어있으면 50원짜리 한 장쯤 꺼내도 모를 것 같았지만 말짱 잔돈뿐이었다.

하늘이 무너진다고 하여도 엄마의 돈만은 다칠 수가 없었다. 손끝이 바르르 떨렸다.

명수는 오징어구이집 문가에 서서 서성거리다가 결단을 내리면서 들어섰다.

"오, 너구나. 책가방은 상고머리 애가 돈을 내고 가져갔다. 지금 녀석들은 어벌통이 정말 크기도 하지."

(상고머리? 수철이가? 생쥐 같은 녀석이 어떻게?)

명수는 울렁이는 가슴을 가까스로 달래면서 교실에 들어섰다.

명수의 책상 위에는 파란색 책가방이 반듯하게 놓여있었다.

명수는 달려가 책가방을 꼭 그러안았다. 터진 옆차기는 입을 곱게 다물고 있었다.

명수는 사위를 둘러보았다. 교실 뒷켠에서 수철이가 치아교정기를 씌운 이빨을 드러내고 명수를 향하여 벌씬 웃고 있었다.

그날따라 수철이의 이빨은 유난히 하얗게 빛났다.

‖ 아동소설 ‖

안녕, 아빠!

□ 손예경

아빠, 나 지영이에요. 정말 오랜만이지요. 제일 사랑하는 사람과 이렇게 오랫동안 얼굴 한번 볼 수 없다는 것이 너무 슬퍼요. 지구 반대켠의 낯선 사람과도 수시로 화상통화가 가능한 요즘, 나와 아빠는 어찌하여 여태 위챗도 제대로 하지 않았는지 솔직히 모르겠어요.

제일 가까운 사람인데 제일 멀리 떨어져 있는 우리에게 대체 무엇이 가로막고 있는 걸까요?

제가 아직도 보고 싶지 않은가요? 아빠 딸이 얼마나 컸는지, 어떻게 커가는지 궁금하지도 않은가요?

바쁘다는 핑계로는 도저히 설명이 안 될 것 같은데요. 엄마가 미워서 저도 미워졌나요? 아니면 정말로 아빠한테 짐이 될까봐 멀리 거리두기를 하시나요?

간혹 엄마 따라 간 것이 백번도 옳다는 생각이 들어요.(물론 내가 선택해서 그렇게 된 건 아니지만…)

엄마 말처럼 아빠는 경제력이 없어서 나와 엄마는커녕 아빠 혼자도 먹여 살릴 수 없을 거 같았거든요. 아빠한테는 미안한 일이지만 저도 어쩔 수 없었어요. 무슨 상황이 벌어졌는지 알기도 전에 아빠는 떠나버렸지요. 엄마까지 놓쳐버리고 나면 나는 천애지각 기댈 곳 하나 없는 고아가 되고 말겠다는 두려움에 휩싸였기에 엄마 치마끈을 바싹 잡고 놓을 수 없는 상황이 되었어요. 엄마의 눈치를 살펴야 했기에 감히 아빠한테 전화도 할 수 없었어요.

그러면서도 나는 한시도 아빠를 그리워하지 않은 적이 없어요. 나한테 어떤 아빠였는데요. 내가 맛있게 먹을 수 있는 밥을 아빠는 매번 모양과 가지 수를 바꿔가며 만들어 주셨고 유치원이나 학교 갈 때에도 하루도 빠짐없이 저를 자전거 뒤꽁무니에 태워서 데려다 주고 데려 오군 했지요.

숙제도 같이 하고 게임도 같이 놀고 잠도 같이 자고… 전 학급에서도 아빠만큼 아빠다운 아빠는 아마도 없었을 거예요.

그러던 아빠가 어느 하루 갑자기 사라졌으니 어찌 그립지 않을 수가 있겠나요. 가끔은 이불 속에서 엉엉 울기도 하지만 그건 아주 가끔일 뿐이고 저는 아빠가 그리워도 내색낼 수도 없었어요. 엄마의 심기를 건드리는 것은 화를 자처하는 것이나 마찬가지였으니깐요.

새아빠가 생기면서부터는 더욱 조심해야 했어요. 새아빠가 나를 미워하는 것은 아니지만 그렇다고 "나는 친아빠를 사랑하기에 새아빠를 마음으로 받아드릴 생각이 없습니다." 하고 내색할 순 없잖아요! 게다가 아빠의 사랑에 비하면 정말로 비교가 될 만큼 조촐한 엄마의 사랑은 그 것마저도 이분의 일로 동강났어요.

새아빠가 생기면서 새오빠도 하나 생겼거든요. 오빠는 항상 나를 투명인간 취급을 해왔지만 엄마는 무조건 오빠한테 깍듯하기를 요구했어요. 혹여 조심하지 않아 오빠와 눈이라도 마주치는 날이면 그 끔찍한 눈빛이 살충제 얻어맞은 등에처럼 하루 종일 머릿속에서 뱅글뱅글 도는 통에 내가 그냥 돌아버릴 것 같았어요.

새아빠는 시정부에서 일하는 분이신데 목소리도 콤바인처럼 와랑와랑 거렸고 절대로 한가하게 소파에 기대여 TV를 보는 법을 모르는 등 여러 면으로 아빠와는 정 반대의 성격을 가진 분이셨어요. 엄마가 원하던 그런 '취향'이었던 거죠.

엄마가 왜서 아빠를 무능하다고 하는지 나는 알아요. 외할머니한테서 많은 돈을 빌려서 한국에 돈 벌로 갔다가 아빠는 반년도 못 되어 돌아와 버렸잖아요? 그 때가 바로 엄마가 나를 출산할 때었는데 아빠는 갓 태어난 내가 보고 싶어서 정말로 견딜 수가 없었다고 했어요. 외할머니한테 진 어마어마한 빚 같은 것은 무거운 짐이긴 했지만 갓 태어난 딸에 대한 그리움에 비하면 "빙산의 일각"이라고 하셨지요.

엄마는 어처구니가 없어서 세상에 이런 바보짓이 어디 있냐고 넉두리 하셨지만 저는 그 소리를 들었을 때 너무 우습고 되레 행복하기도 해서 입을 싸쥐고 키득거렸지요.

그 몇 해 동안 엄마는 여러 가지 장사를 벌이며 재기를 시도했지만 빚은 줄기는커녕 점점 늘어만 났지요. 그래서 엄마의 가시 돋친 잔소리도 따라서 늘어만 갔구요.

그러다가 엄마한테 기회가 왔어요. 엄마 친구의 부탁으로 집을 한 채 산 것이 계기가 되어 부동산 매매에 발을 들여놓게 된 거예요.

엄마가 바빠지면서부터 빚도 갚고 새집도 장만했지만 나는 그 때부터 집에 들어가기가 싫어졌어요. 엄마는 보모처럼 나만 보살피고 있는(엄마의 말투를 빌린 다면) 아빠를 잘나가는 복덕방 사장님들과 비교하면서 집에만 들어오면 목소리를 높였고 하루가 멀다하게 집 안에서는 화약 냄새가 진동을 했지요. 그 때부터 우리 집은 아마 금이 가기 시작했나 봐요.

언젠가 엄마는 작은 셋방살이 하느라 나의 친구들을 집으로 한번도 초대하지 못 한 것에 한이 맺힌다고 했지만 저는 사실 그때가 제일 행복했던 시기였던 것 같았어요. 멀리 유람이나 비싼 외식 같은 것은 할 수 없었지만 매일 아빠가 해주는 여러 가지 반찬들을 골고루 먹을 수 있었고 숙제도 아빠랑 같이 하고 TV도 아빠랑 같이 보면서 다른 애들처럼 빈집에서 혼자 있지 않아도 되었거든요. 입학날 다른 애들은 거의 다 할머니랑 등교했지만 유독 저만 멋진 아빠의 손잡고 등교했었죠.

그날 제가 얼마나 우쭐했는 줄 아세요? 세상에서 아빠 손잡고 등교하는 아이가 나 말고 또 있으면 한번 나와 보라고 큰소리 치고 싶었어요.

이젠 저도 갖고 싶던 내 방이 생겼어요. 근데 아빠가 만약 내 방을 구경한다면 아마 깜짝 놀랄걸요? 벽에 돌아가면서 해골바가지가 붙어있거든요.

(엄마는 모를 거예요. 오랫동안 내 방에 들어와 보지도 않았거든요). 그 으스스한 해골바가지가 빛도 없고 온기도 없는 내 방에 딱 걸맞다고 생각해요.

나 또한 그 우중충한 방에 어울리게 점점 칙칙하게 변해가고 있어요.

내가 침묵 속에서 하루하루 망가져가는 꼴을 사람들은 이상하게 생각하겠죠.

엄마는 돈을 잘 벌고 새아빠는 신분이 높으신 점잖은 분이니 내가 뭐가 부족해서 우울증을 앓느냐고 수군대겠죠.

그런데 아빠, 겉보기에 잘사는 집들이 얼마만큼 행복한지 그들이 알까요?

그날도 엄마는 저녁 모임 때문에 집을 비웠고 나는 이튿날 학교에서 있을 공연을 위해 엄마한테서 빌린 드레스를 입어보고 있었어요.

거울 속 여자애는 예쁜 드레스를 거의 소화하고 있었어요. 거울속의 백설공주는 간만에 자신의 고운 모습에 도취되어 잠깐이나마 현실을 잊고 행복감에 젖어드는 것이었어요.

쌍겹진 눈꺼풀을 살포시 내려 까니 아빠를 닮은 왕자가 백설공주를 꽃밭으로 이끌고 있었고 꽃밭에서는 벌과 나비들이 다투어 백설공주를 위해 교통정리를 하고 있었어요.

그런데 갑자기 등 뒤에서 압박감이 느껴졌어요. 눈을 번쩍 떴는데 글쎄 언제 들어 왔는지 새아빠가 술 냄새를 풍기며 나를 숨도 못 쉬게 끌어안는 것이었어요.

평상시와 다른 이상한 행동에 나는 정신을 바짝 차리고 빠져나오려고 안간힘을 썼어요. 몸을 최대한 움츠리며 무릎을 꺾어 아래로 미끄러져 나오려고 했죠. 반쯤 꺾은 몸을 비틀려는 순간 어망결에 거울 속에 비친 섬뜩한 눈빛을 포착했어요.

그 눈빛은 미동도 하지 않고 몸씨름을 벌이고 있는 새아빠와 나를 노려보고 있었어요. '등애'였어요. 나는 소름이 끼쳐서 풀린 몸을 가누지 못하고 그 자리에 펄썩 주저앉고 말았어요.

새아빠도 눈치 챘는지 나를 순순히 풀어놓고 "앞으로는 엄마 옷에 손대지 말거라!"라고 한마디 흘리며 안방으로 들어가 버리더군요.

놀라기는 했지만 위험은 없는 그런 밤이, 그렇게 깊어지는 줄 알았어요. 눈물범벅이가 된 채 한식경이나 이불 속에서 오돌오돌 떨다가 지쳐서 잠이 드는가 했는데 글쎄 시커먼 손이 평온을 찾아가던 나의 몸을 향해 또 뻗쳐왔어요. '등애'의 저주받을 그 손이었어요.

나는 손톱과 이빨까지 총 동원하여 있는 힘껏 반항했지만 막무가내였어요. 오빠는 표독한 눈빛에다 좀 전에 '획득'한 약점까지 장착하여 나를 윽박지르며 나 혼자 힘으로는 도저히 빠져나올 수 없도록 무장을 해제시켜버렸어요…

아무리 생각해도 믿을 수가 없어요. 저는 그 올가미에서 빠져 나왔어야 맞는데 어째서 꼼짝없이 당해야만 했을까요. 새 아빠의 안하무인격인 비주얼과 그 등을 업고 기고만장한 오빠와, 거기에다 내가 순종하기만 바라는 엄마의 태도 때문에 아마 나의 자신감 따위는 바닥을 쳤나 봐요. 자신감이 없는 사람이 무슨 힘이 있겠어요. 반항이라기보다 차라리 떡실신의 살풀이라 함이 더 적절하겠군요. 무기력한 자의 분노는 어디로 가야 하나요? 타협 할 줄도 모르고 삭힐 수도 없는 분노는 해골바가지가 점령한 벽을 더듬으며 출구를 찾고 또 찾았어요…

부끄럽고 창피하긴 하지만 이제부터는 그 것들도 더 이상 아무런 의미가 없게 될 거예요. 물로 씻을 수 없는 치욕이라고 해도 결국에는 좀 더 강한 어떤 사물로 지울 수 있을 거라고 생각했어요. 말하자면 저 배낭에 든 일인용 텐트와 부탄가스 같은 거요. 조용히 이렇게 앉아 생각하니 더없이 좋은 선택인 것 같아요. 더 이상 머리에 들어가지 않는 공부 때문에 웃음거리가 되지 않아도 될 것이고 가정교육을 못 받았다고 업신여김을 당하지 않아도 될 테니까요. 그리고 엄마처럼 되기는 더구나 싫어요. 잘나가는 새아빠를 만난 것이 어디 자기 것인가요? 오빠가 하는 소리 들었어요. 엄마는 잠시 자리를 지키는 꽃병과 같은 것이래요. 기실 아빠와 나와 함께 있는 엄마 모습이 엄마의 본래 모습이 아닌가요?!

내가 뭘 제일 필요로 했는지 아세요? 아빠가 옆에 있는 것이었어요. 두려울 때 아빠 생각 많이 했어요. 아빠가 있을 땐 근심 걱정이란 걸 모르고 살았는데 단지 아빠가 내 곁에 없다는 사실 때문에 나는 천당에서 지옥으로 떨어져 버렸어요.

하루 세 끼 밥 먹고 학교 가는 일은 똑같지만 나는 지금 우울하고 두렵고 숨이 막혀 살 수가 없어요.

아빠, 지금까지는 아빠를 그리워하며 언제면 만날 수 있을까 하고 넋을 놓고 기다렸지만 이제부터는 사무치게 그리워도 만날 수가 없게 됐어요.

우리 사이에 곧 두꺼운 장막이 드리워질 것이거든요. 아빠가 만약 크게 성공해서 보란 듯이 우리를 찾아와 서프라이즈 선물을 해주려고 했다면 잘못 생각했어요. 나는 이제 아무것도 바라지도 않을 것이고 기다리지도 않을 거예요. 아빠 딸 지영이는 이제 멀리 떠나요. 아빠를 무능한 사람으로 몰아붙이는 엄마한테 복수하고 싶어서 부자가 되어 나타나려고 했다면 아빠의 야망이 성공하기 전에 아빠의 금지옥엽은 잎새의 한 점 이슬로 사라질 거예요.

저는 원망하지 않아요. 그러니 아빠도 저를 나무라지 않았으면 좋겠어요. 아빠가 곁에 있을 때 저는 아빠의 해바라기였지만 태양을 잃고 목이 꺾인 지금 해바라기는 찬란함을 잃고 이제 이슬로 사라지게 될 거예요. 혹여라도 다시 아빠가 그립게 된다면 어느 바람 자는 날 첫 새벽 풀잎 위에 반짝이는 이슬로 올 게요. 아빠는 그 이슬이 아빠가 보고 싶어서 찾아온 딸, 지영이인 줄 아시겠지요…

안녕, 사랑해요! 아빠!

☆ 아동소설 ☆

밤하늘

□ 박룡원

　현수는 낚시질 꾼이다. 밤이면 낚시질을 하지 못하면 잠을 자지 못 한다. 그리하여 밤낚시를 하지 않으면 집에서 안절부절못하기에 마누라가 하는 수없이 낚시터까지 차로 실어다 주어야 한다. 그러기에 여름이 되기만 하면 밤마다 남편을 낚시터로 실어가고 아침에 가서 실어오는 것은 마누라의 일과로 되었다. 왜 하필이면 낮에 낚시질을 하지 않고 밤에 낚시질을 하는가고 이웃들이 물으면 그저 시무룩이 웃어넘기기가 일쑤이다. 어떤 때는 이웃들이 하도 밤낚시를 자주 하기에 혹시 부부사이의 감정이 상해서 그러지 않는가고 물어오면 그때에야 뚱뚱한 현수가 두터운 입을 열려면 약삭빠른 딸애가 아빠는 시인이어서 낮에 책을 보고 나면 시간이 없다고 하면서 이젠 나이도 있어서 낮에는 낚시찌가 잘 보이지 않아서 밤낚시를 다닌다는 것이었다. 여름방학이면 아빠는 집에서 잠자는 나를 깨워 집 아래에 있는 훈둔집이거나 집에서 잡은 물고기로 고깃국을 끓여놓고 세 식구가 동그랗게 앉아서 아침을 먹는다는 것이었다.

오늘도 아빠는 낚시질을 가려고 서두르고 있었다. 자기 방에서 숙제를 다 마친 딸애가 머리를 긁적긁적 하면서 나오면서 아빠 나도 오늘 밤낚시질을 아빠 같이 가면 안 될까요 하고 물어보기에 현수는 된다고 머리를 끄덕이자 엄마가 애의 옷을 준비하며 그 애비에 그 딸이구나 하고 밉지 않게 쏘는 것이었다. 엄마는 밤에는 춥다면서 얇은 이불까지 갖추어주는 것이었다. 그러고도 모자라서 상점에 가서 애가 좋아하는 먹거리들을 가득 챙겨주는 것이었다. 엄마가 모는 차가 시내를 벗어나자 대뜸 공기는 시원해지고 살 것처럼 기분이 좋았다. 창밖을 내다보니 이름 모를 뭇꽃들이 길 양켠에 다투어 피어난 것이 차가 꽃밭 속으로 날아 들어가는 기분이었다.

시내에서 한 사십분 달려 낚시터에 도착하였다. 산 뒤에 이렇게 크고 아름다운 호수가 있을 줄은 생각 밖이었다. 산에 삑 둘러싸인 복판에 달걀 같은 호수여서 딸애는 너무 좋아 풍풍 뛰면서 소리도 치고 메뚜기처럼 뛰어다니면서 재미있게 놀아댔다. 잠깐 새에 엄마와 아빠는 놀잇감 같은 작은 막을 지어놓고 엄마는 잡동사니들을 날라서 막 안으로 날라들이고 워낙 낚시 귀신인 아빠는 낚시 공구들을 펴느라고 여념이 없었다. 야외에 나오니 공기도 시원하고 바람도 시원하지 눈에 보이는 것은 짓푸른 산과 파란 하늘에 시원한 호수라 딸애는 한 마리의 나비 같았다. 뿡뿡 경적소리에 차를 모는 엄마는 어느새 차에 올라 떠날 준비를 마치고 간다고 경적을 울리고 있었다. 엄마는 낚시질에 여념이 없는 아빠를 보고 애를 잘 보라고 아빠에게 신신 당부하는 것이었다. 아빠는 그저 냐냐 하고 건성으로 대답하는 것이었다.

저녁해가 뉘엿뉘엿 질 때 엄마의 차는 떠났다. 아빠가 환할 때 저녁을 먹자고 딸애를 불렀다. 달려와 보니 아빠가 어느 결에 라면을 맛있게 끓여놓고 기다리고 있었다. 집에서 먹을 때보다 별맛이어서 몇 번 더 받아먹었다. 참 별일이다. 집에서는 맛이 없어서 거들떠보지도 않던 것이 아빠가 끓여서 그런지 먹으면 자꾸만 또 먹고 싶어졌다. 별다른 채소도 없고 한데도 말이다.

날이 어두워지자 아빠는 야광찌를 맞추고 낚시질을 시작하였다. 조금 있다가 심심해서 물에다가 돌을 던져보았다.

'쉿~!'

아빠가 경고를 주었다. 조금 참다가 참지 못하고 또 돌을 던졌다. 아빠가 격한 소리로 말했다.

"그러면 왔던 고기들이 싹 달아나서 고기를 못 잡는단다"

아, 정말 심심했다.

"이렇게 심심한 낚시질을 아빠는 왜 기를 쓰고 하루도 쉬지 않고 하고 있나요? 심심해요. 이야기 해주세요."

아빠는 공원의 동상처럼 꼼짝 않고 앉아 있었다.

"아니, 아빠, 심심하다는 데두 이야기 안 해줄래? 그럼 엄마한테 전화한다?"

아빠가 말했다.

"처음 잡은 것을 누구한테 줄까?"

엄마한테 전화한다. 입술이 두터운 아빠가 겨우 이야기를 시작했다. "에익, 고기가 물자 하는데…"

"안 돼요."

"어릴 적에 아빠가 겪은 이야긴데 저 안도에 있는 둘째 고모와 아빠의 이야기다. 그런데 좀 무서운 이야긴데 일없겠지. 무서우면 듣지 말아라"

"무서운 이야기도 좀 무섭지 않게 잘하면 되지 않아. 아빠는 시인이 아니야?"

딸애가 바싹 붙어 앉으며 재촉했다.

"고모가 13세 때이니 아빠가 열 살 때 일이었다. 아빠가 소학교에서 집에 돌아오니 둘째 고모가 집에서 울고 있었다. 왜 우는가고 물어보니 엄마 아빠가 우리를 둬두고 삼도만에 갔다는 것이었다. 그러면서 가마목에 분필로 써놓은 글을 가리켰단다. 가마목에는 분필로 삼도만에 갔다는 내용의 글만 씌어 있었단다. 그리하여 이 공포의 이야기가 일어나게 되었단다. 날이 환할 때에는 아이들이 힘내어 말하면서 부지런히 걸었지만 날이 어두워져 밤이 되니 상황은 백팔십도로 바뀌었단다. 그때는 흙길인데다가 다니는 차도 석탄차인데 하루에 몇 번 정도 다니나 마나 하는 정도였단다. 길이라는 것도 그저 어두운 골안 속으로 시꺼먼 어둠만 아가리를 쩍 벌리고 누워있었지. 그런데다가 양옆이 산이 아니면 풀숲이었는데 풀숲에선 어둠을 톱질하는 벌레의 아쓸한 소리와 드문드문 산에서 울려오는 산새의 간담을 서늘하게 하는 소리에 머리카락이 다 뻣뻣이 일어서면서 옴 몸이 식은땀으로 옷이 푹 젖어 짜면 물이 주룩 떨어질 정도였단다. 세 살 이상인 누이가 집으로 돌아가자고 말하자 나는 안된다 하고 말하면서 엄마 아빠는 우리가 가는 앞 어둠 속에 있나 아니면 등 뒤에 있냐고 물었더니 앞에 있다고 대답하면서 와 하고 우는 것이었다. 그래도 나는 하나도 무섭지 않다고 우기면서 어둠 속으로 걸어 나갔지만 누이는 울면서 내 손을 쥐고 돌아가자며 내게 붙어 섰단다.

어둠은 점점 더 짙어지고 길이 지나는 어둠의 골짜기는 한 발을 내디디기가 무섭게 깊어갔다. 누이가 나를 부르며 서라고 하여 섰더니 오줌을 누겠다고 하기에 저기 풀숲에 들어가 누라고 하니 딱 내 허리를 잡고 풀썩 앉아서 소변을 보는 것이었다. 그때는 사람마다 겨울이면 화로를 붙안고 한다는 이야기가 거의 다 범포수가 아니면 곰포수의 이야기들이었다. 그래서 우리 아이들도 이야기할라치면 거의다 범포수가 아니면 곰포수에 대한 이야기들이어서 머릿속에는 온통 이런 무서운 이야기들로 꽉 차있었다. 그런데 그날은 바로 그런 무시무시한 이야기들이 재현되는 시각이었을 것이다. 그러니 그 밤이 세 살 이상인 누이로 볼 때에는 그 무서움이란 말로는 표현할 수 없는 것이었을 것이다. 굳이 표현한다면 동물을 잡아먹고 그 시체 위에서 입을 하 벌리고 잠든 호랑이의 피가 뚝뚝 떨어지는 뿌죽이 나온 이빨 사이로 걸어 지나간다는 느낌이라고나 할까! 그때 누이가 얼마나 무서웠으면 치마에 오줌을 싸서 물판이 되었을까! 하긴 나도 무서웠지만 누이가 곁에 있어서 덜 무서워했을까…

나는 두려움을 잊기 위하여 노래 잘 부르는 누이를 보고 노래 불러 보라고 하였는데 누이는 '홍호적위대'의 노래를 부르는 것이었다. 워낙 노래 잘 부르던 누이의 목소리가 마치 귀신의 곡소리처럼 들리는 것이었다. 누이가 떨면서 나보고 하라고 하기에 나는 노래는 부르지 않고 교과서에서 배운 시를 힘 있게 낭송하였다.

"…수천수만의 선열들이 인민의 이익을 위하여/ 우리의 선두에서

영용하게 희생되었다/ 우리는 그들의 발자욱을 따라/ 영원히 전진하자!…"

힘찬 목소리에 날이 다 환해지는 것만 같았다. 그날 저녁 우리는 밤 9시가 썩 지나서야 삼도만에 도착하였다 마을에서 한 1리 정도 떨어진 곳에서 엄마를 만났다. 누이는 대번에 울음을 터뜨리며 폴싹 물러앉아 걷지를 못 했단다.

이야기는 끝났다. 딸애에게 물었다. 딸애는 재미있기는 있는데 좀 무섭다고 하였다. 이젠 좀 자라고 하자 딸애는 핸드폰을 들여다보더니 이제 8시도 채 안 되었다고 하였다. 딸애가 불쑥 물었다. 그날 밤에 달이 있었는가고. 달은 없고 별들이 있었다고 말했더니 별이 길을 밝혀 주는가고 묻기에 아주 조금은 밝혀 준다고 대답하였다. 그런데 오늘 밤에는 별이 왜 없는가고 하기에 날이 좀 흐려서 안 보인다고 하였다. 별이 보고 싶다고 하였다. 좀 기다리라고 하였다. 먹거리를 먹으면서 낚시찌를 바라보던 딸애가 어째서 낚시찌가 두 개인가고 하기에 담뱃불을 뱉어 버리고 바라보니 이제는 하나라고 하였다.

담배가 거덜이 나서 담배를 찾으니 담배가 없었다. 자꾸만 주섬주섬 거리자 딸애가 아빠 담배를 찾는가고 하기에 오늘 잊어먹고 담배를 가져오지 못 했다고 하니 딸애가 자기 가방을 들추더니 담배곽을 꺼내어 주면서 아빠가 담배 모자랄까봐 집에 있는 것을 넣어 가지고 왔다면서 담배곽을 건네주는 것이었다. 눈물 나게 귀엽고도 고마운 딸애였다. 담배도 구수하고 딸애와의 장난도 달콤한데 낚시찌는 아무 동정도 없었다. 고기는 내 수준을 봐주지 않았다.

지금 와서 생각해 보니 아이들에게 부모가 곁에 있다는 것이 어마나 큰 기둥인가를 저실이 느낄 수 있었다. 그러고 보니 아이들의 담은 하룻강아지 범 무서운 줄을 모른다는 격언이 맞기는 맞는 것 같았다. 그날 밤에 아빠가 자전거를 빌려 타고 한 십 리 정도 마중 오다가 머리가 곤두서서 더 마중오지 못 했다는 것이었다. 생각해 보면 어른들의 담은 무엇일까, 어른들은 수호전이나 삼국지를 이야기할 뿐이지 담이 아주 작다고 생각했다.

아이가 전화를 쥐고 만지작거리더니 전화를 거는 것이었다. 엄마

가 지금 낚시터로 오는 중이라고 말하는 것이었다. 아이는 대뜸 활발해졌다. 소변을 보겠다고 하기에 요 뒤에 가서 누라고 했더니 안된다고 하기에 아무 데서나 보라고 하였다. 그런데 막 안에서 보아도 되는가고 물어 안 된다고 하였다. 좀 있다가 딸애가 돌아왔다. 어떻게 보았는가고 물었더니 1회용 식기를 하나 가지고 막 안에서 보았다고 하기에 잘했다고 하면서 야외에 나오기는 나와야 되겠구나 생각했다. 그러면서 그때 누이가 얼마나 무서웠겠는가가 생각났다.

호수에 별이 하나둘 나타났다. 아이는 별이 몹시 신기해 보였다. 아, 별! 연길에서는 볼 수 없는 별… 이어 별들이 무수히 호수에 날아와 박히자 딸애는 손뼉까지 치면서 별하늘에 빠져 좋아했다. 별이 나타나자 밤에 대한 아이의 공포가 사라지는 것 같았다. 아이가 어디 갔다가 오기에 물었더니 요 뒤에서 소변을 보았다는 것이었다. 무섭지 않던가고 물었더니 별도 있고 이제 엄마도 오겠는데 무서울 것이 없다고 활발하게 말하는 것이었다. 그러더니 우뚝 일어서서 저쪽으로 몇 걸음이나 걸어가는 것이었다. 이어서 촛불 든 숙녀처럼 이쁘게 기차놀이 노래를 부르는 것이었다.

"기차놀이 하자야 모두 허리 잡아라… 지구 손님을 우선 우대합니다… 는 연길에서 온 김하은 입니다… 아빠자리 엄마자리… 손님 태워 칙칙폭, 떠나간다 칙칙폭,,,"

아이의 달걀 노란 자위 같은 가슴이 캄캄한 태공을 열었다. 고기가 물렸다. 현수는 낚싯대를 부여잡고 고기와 싱갱이질했다.

"기차놀이 하자야 모두허리 잡아라… 우리 아빠 잡은 고기까지도… 칙칙폭폭… 우리 아랫집 해자불 파는 꼬부랑 아매까지도…"

호수에 차 불빛이 비쳤다. 뿡―

아빠가 낚싯대를 쥐고 일어서면서 어째 이제 오노 소리쳤다.

차 불빛이 깜깜한 호수를 부드럽게 비추었다. 아빠가 굵직한 목소리로 밤하늘 향해 노래를 부르는 것이었다.

"하늘 높이 솟는 불/ 우리의 가슴 고동치게 하네/ 우리 모두 다 팔 벌려/ 영원히 함께 살아가야 할 길/ 나서자, 손에 손 잡고 벽을 넘어서…"

뿡― 어디선가에서 기적 소리가 밤하늘을 열고 있었다.

칙칙폭폭…
아빠 빨리, 엄마 빨리…
칙칙폭폭…

☆ 아동소설 ☆

나 홀로 라라라

□ 김만석

1

사무실입니다. 4학년 1반 담임선생님이 자주색 비로도 치마저고리를 입고 책상에 마주 앉아있습니다. 하얀 테 안경을 건 선생님은 얼핏 보아도 아주 인자한 선생님입니다.

선생님은 방금 책상 위 유리판 밑에 있는 사진 아래에 원주필로 "굴강한 어린이로 키워가자!"라는 글을 정성들여 써넣었습니다.

이 사진은 선생님께서 4학년 1반 29명 학생들과 함께 찍은 것입니다.

출입문을 노크하는 소리가 똑똑- 들려옵니다. 선생님은 "들어오세요!" 정겹게 말했습니다. 그 목소리는 정말 노랫소리처럼 정답게 들렸습니다.

문을 떼고 들어선 학생은 강굴강굴 고수머리 남학생입니다.

"어서 와요. 동철학생."

"선생님, 안녕하십니까?"

"호호호 그래, 안녕하지 뭐!"

선생님은 동철이를 걸상에 앉혀놓고 처음 보시는 듯이 동철이의아래 위를 훑어봅니다. 동그란 뽀얀 얼굴에 초롱눈이 반짝 빛났습니다.

"동철이, 몇 학년이지?"

"예? 선생님두… 제가 몇 학년인 것두 모르심까?"

"왜 몰라? 4학년이지!"

"그런데두 물어보심까?"

"그래 동철이 인젠 4학년이지!"

"예, 전 4학년임다."

선생님은 동철의 손을 잡아 쥐고 "음, 그래 4학년이지!"하고 4학년이라는 말에 역점을 찍습니다.

동철이로서는 알고도 모를 일입니다. 1학년 때부터 동철이네를 배워주신 선생님이 오늘 어찌 된 영문일까? 혹시 선생님께서 깜빡 잊어버리신 건 아닐까? 도무지 갈피를 잡을 수가 없습니다.

"동철이, 한국에 간 아빠한테서 전화는 오는 거냐?"

"예, 날마다 저녁 8시에 옴다."

"그럼 아침에 학교 올 땐 엄마 차를 타고 오니?"

"아님다. 우리 엄마는 공항에 '코로나' 검사 다녀서 할머니와 함께 택시 타고 옴다."

"그래?"

선생님은 이렇게 말씀하시며 책 한 권을 내밀며 동철이보고 18페이지에 있는 동시를 읊어보라고 하였습니다.

동철이는 얼른 펼쳐들었습니다.

'손꼽아 보죠.'라는 동시였습니다. 동철이는 아함아함 목청을 가다듬고 선생님 앞에서 낭송하였습니다.

동철이는 다 읊고 선생님을 건너다보았습니다. 선생님께서 무엇 때문에 오늘 이런 동시를 읊으라고 하실까? 알고도 모를 일이었습니다.

그런데 선생님은 웃으시면서 동철이더러 오늘 저녁 집에 가서 할머니와 엄마 앞에서 이 동시를 낭송하라고 하시는 것이었습니다. 그리고 이것은 오늘 숙제라고 역점을 찍었습니다.

2

사무실에서 나온 동철이는 머리를 싹싹 긁으면서 생각하였습니다. 선생님께서 왜서 이런 숙제를 내실까?

나는 4학년이야! 그런데 동시에 나오는 아이는 유치원 아이야! 유치원 아이가 집에 올 때 혼자 온다고? 그것도 십자거리를 네 번 건너면 된다고? 네 번, 네 번, 네 번이 문제야! 네 번만 건너면 유치원이고 또 네 번만 건너면 아파트고!

그런데 동철이는? 소학교에 붙었을 때부터 엄마 차를 타고 아침에 학교에 가고 오후에 집에 올 때면 할머니와 함께 택시를 타고… 그것두 택시 타러 갈 때면 할머니한테 업혀서 갔습니다. 그때마다 아이들은 동철이를 '애기'라고 놀려주었습니다.

아이, 망측해! 그래서 동철이는 '애기'라는 별명을 가졌던 것입니다.

2학년에 올라와서는 책가방을 할머니가 메고 다녔습니다. 동철이는 할머니 앞에서 깡충깡충 뛰어다니고… 그때 아이들은 뭐랬지? 할머니를 동철의 '머슴꾼'이라고 했습니다.

'머슴꾼'이 뭐야? 사전을 들춰보고 동철이는 얼마나 놀랐는지 모릅니다.

3학년에 올라와서 할머니가 교문 앞에 와서 동철이를 기다리었습니다. 동철이는 어쩐지 할머니가 자기를 데리러 오는 것이 못내 창피스러웠습니다. 그래서 할머니더러 교문에서 좀 멀리 떨어진 상점 앞에서 기다리라고 하였습니다.

오늘도 할머니는 저기 상점 앞에서 동철이를 보자 어서 오라고 손짓을 하십니다. 선생님이 읊으라던 동시에서는 유치원 아이가 자기

절로 집에 간다는데 나는 4학년인데 지금 할머니와 같이 다닌다?

아, 선생님의 뜻을 알만해! 동철이는 자기 무릎팍을 탁 쳤습니다.

동철이는 할머니한테로 가지 않고 내처 택시 잡으러 달려갔습니다. 할머니는 창피스럽게 동철이 이름을 부르며 두 주먹을 부르쥐고 달려옵니다.

"동철아, 그 책가방을 인줘! 내가 메야지!"

3

4학년 1반 반주임이 전화를 걸고 있습니다.

"여보세요, 동철의 어머니입니까?"

"예, 선생님…"

"지금도 공항에서 '코로나' 바이러스검사를 하시죠? 정말 수고하십니다. 다름 아니라 동철이는 인젠 4학년 학생이 되었습니다. 이맘때면 아이들이 인격이 형성되는 시기이기에 자존심이 강해지기 시작하고 또 자립성도 형성되는 시기입니다. 오늘 동철이한테 숙제를 내주었는데 가정에서 많이 협조하여 주시기 바랍니다. 부탁입니다…"

전화를 받은 동철의 어머니는 알고도 모를 일이었습니다. 선생님께서 숙제를 내시다니 무슨 숙제일까? 하루 일을 마치고 차를 몰고 퇴근하는 동철의 어머니는 하도 궁금하여 어서 빨리 집에 가고 싶었습니다.

동철의 어머니가 집에 들어서니 동철의 방에서 웬일인지 노랫소리가 울려나왔습니다. 동철이가 녹음기를 틀어놓은 모양입니다. 그리고 할머니는 화장품을 손에 들고 호호 웃기만 하였습니다.

"이보게, 동철이가 글쎄 화장하여 달라구 해서 내가…"

그러면서 분통이랑 크림통이랑 내보이는 것이었습니다. 도대체 무슨 영문일까? 오늘은 정말 수수께끼 같은 날이었습니다.

"동철아, 엄마 왔다 어서 나와 봐!"

이윽고 동철의 방문이 열리였습니다.

'아리랑' 노랫소리가 울려 나왔습니다. 그런데 이게 웬일일까요? 동철이는 조선 바지저고리를 입고 나왔습니다. 강굴강굴 고수머리에 새뽀얀 얼굴, 그 얼굴에 반짝반짝 빛나는 초롱초롱한 두 눈! 아, 귀여운 아들 동철이었습니다.

동철이는 아함아함 목청을 가다듬고 또박또박 말하였습니다.

"지금부터 진달래소학교 4학년 1반 김동철 학생이 시낭송을 하겠습니다. 저의 낭송을 귀 강구어 들으시구 할머니, 어머니께서 감상을 발표하시기 바랍니다."

　　　손꼽아 보죠

　　　아침에 아빠 함께
　　　유치원 갈 때
　　　십자거리 건너면서
　　　손꼽아보죠

　　　하나, 둘, 셋, 넷
　　　네 번 건너면
　　　유치원 유치원
　　　우리 유치원

　　　저녁에 나 혼자
　　　집에 올 때면
　　　십자거리 지나면서
　　　손꼽아보죠

　　　하나, 둘, 셋, 넷
　　　네 번 꼽으면
　　　5층집 5층집
　　　우리 아파트

할머니와 어머니는 입을 하 벌리고 동철의 낭송을 조용히 귀를 기울이고 들었습니다. 시낭송이 끝났는데도 할머니와 어머니는 멍하니 동철이만 쳐다봅니다.

"뭘 하고 있어요? 박수도 안 치고?"

동철이가 화를 내니 그제야 할머니와 어머니는 박수를 짝짝-쳤습니다. 얼마나 멋진 시낭송입니까? 어머니는 눈물까지 찔끔 흘리었습니다.

"지금부터 감상발표를 하시겠습니다. 먼저 할머니부터…"

"아니, 내가? 에미… 에미 먼저 말하라구…"

"안 됩니다. 할머니부터!"

동철의 성화에 할머니도 더는 방법이 없었습니다.

"내사 뭐 시를 알아야 하지… 들어보니 아침에 학교 갈 때 아빠와 함께 가구 저녁에 집에 올 땐 혼자 온다는 거구나!"

"맞습다. 그럼 느낌은?"

"느낌이란 뭐니? 내 좀 더 생각하구. 이젠 에미 말하라구!"

동철이는 어머니더러 말하라구 들볶았습니다.

"할머니 말씀이 옳다. 그래 여기서 중점은 저녁에 집에 올 때 혼자 온다는 것이다. 그렇지?"

동철이는 박수를 치면서 말하기 시작하였습니다.

"할머니, 어머니, 나 김동철은 인젠 소학교 4학년 학생입니다. 이 동시에 나오는 아이는 유치원 아이입니다. 유치원 아이도 홀로 유치원 다니는데 나는 소학교 4학년인데 지금도 어머니와 할머니가 학교로 데리고 다닙니다."

할머니와 어머니는 고개를 끄덕이었습니다.

"선생님께서 말씀하시였습니다. 우리 반 학생이 모두 29명인데 아빠 엄마 차를 타고 다니는 학생이 19명이고 할아버지 할머니가 데리고 다니는 학생이 10명이랍니다. 이제부터 우리 반 학생들은 모두 자기 절로 학교 다니라구 합니다. 난 이젠 4학년 학생입니다. 난 내일부터 홀로 학교 다니렵니다. 나도 혼자 떳떳이 학교에 다니렵니다. 할머니와 어머니가 동의하여도 좋고 동의하지 않아도 좋습니다. 난 내일부터 꼭 홀로 학교에 다니렵니다! 만세!"

4

밤입니다. 할머니는 자지 못합니다. 동철이, 귀여운 동철이가 어떤 손자입니까? 하나밖에 없는 손자입니다. 할머니가 퇴직한지 이제 금방 2년밖에 안 됩니다. 하는 일이 없는데 그래 손자를 데리고 학교 다니는 게 좀 좋은 일입니까?

할머니는 궁싯거리다가 일어났습니다. 그리고 옷장 문을 열어제꼈습니다. 옷가지를 뒤적거리다가 스프링코드를 꺼냈습니다. 그리고 명주수건도 꺼내고 책상 서랍에서 갈색 선글라스도 꺼냈습니다.

할머니는 스프링코드를 입고 명주수건을 머리에 쓰고 파란 마스크를 끼고 선글라스까지 걸고서 거울에 마주섰습니다.

아니, 이게 누구여? 거울 속에는 멋쟁이 모델 할머니가 나타났습니다.

"그럼 그렇겠지!"

할머니는 부랴부랴 보자기에 물건들을 사놓고 자리에 누웠습니다.

이튿날 아침 할머니는 밥술을 놓기 바쁘게 자리에서 일어났습니다.

"동철아, 너 오늘부터 혼자 학교 가거라. 할머니는 저 큰아버지네 집에 갈련다."

그리고선 밖으로 나갔습니다. 어머니도 무슨 영문인지 모르고 할머니더러 잘 다녀오라고 인사까지 하였습니다. 어머니는 동철이를 데리고 밖으로 나왔습니다. 마음 같아서는 동철이를 차에 앉혀가지고 버스정류소까지 데려다주고 싶었습니다. 그런데 동철이가 만세까지 부르며 홀로 학교 가겠다기에 어머니는 동철이의 팔을 붙잡고 타이릅니다.

"동철아, 넌 이제 홀로 학교 다닐 때가 되었다. 안전에 주의하면서 길 건널 때 차가 오는가 잘 살펴 보거라. 엄마 안심하여도 되지?"

"엄마, 난 4학년이야!"

엄마는 차를 몰고 출근하고 동철이는 아스팔트길을 용케 건너 버스정류소에 이르렀습니다. 혼자 건너니 얼마나 기쁜지 모르겠습니다. 할머니와 함께 건널 땐 할머니가 엉기엉기 걸어서 어찌나 애났는지 모릅니다.

버스가 정류소에 멎었습니다. 동철이가 버스에 오르니 빈자리가 있었습니다. 그래서 냉큼 자리를 찾아 앉았습니다. 그런데 어떤 스프링 코드를 입고 선글라스를 건 할머니가 버스에 올랐습니다.

동철이는 냉큼 자리에서 일어나며 할머니한테 자리를 권하였습니다. 할머니는 중국말로 "쎄쎄!(고마와!)"하며 동철이가 앉았던 자리에 앉았습니다.

그리고는 "호하이즈!(착한 아이!)"라고 정답게 말씀하시면서 동철의 손을 꼭 잡아주었습니다. 그러나 동철이는 이 할머니가 자기 할머니라는 것을 모르고 있었습니다.

5

오후 3시 반이였습니다. 할머니는 또 스프링 코드를 입고 선글라스를 걸고 파란 마스크를 끼고 동철이네 학교 교문 앞에 갔습니다.

상점 앞에 가 있으면 동철이한테 들킬까봐 먼발치에 가서 동철이가 하학하고 교문으로 나오길 기다리었습니다.

이윽하여 학생들이 우르르 쓸어 나왔습니다. 할머니는 동철이를 얼른 알아보았습니다. 동철이는 책가방을 둘러메고 흥이 나서 깡충깡충 뛰어나왔습니다. 할머니는 동철이의 뒤를 밟았습니다.

동철이는 거리에 나서자 "나홀로 라라라/ 학교 다닐래!"하고 노래를 하였습니다. 아마 자기절로 지어낸 노래 같았습니다.

버스정류소에 이른 동철이는 아무런 근심걱정 없이 자기 차례대로 버스에 올랐습니다. 할머니는 동철이가 알아볼까봐 멀리감치 서서 동철의 눈치만 살피였습니다. 동철이는 아침에도 할머니를 알아보지 못하더니 지금도 할머니를 알아보지 못하고 창밖을 내다보며 흥얼흥얼 노래를 부릅니다.

"나홀로 라라라/ 학교 다닐래!"

얼마나 혼자 다니고 싶었을까? 이젠 4학년이 되었으니 자존심도 강해지고 자립정신도 강해지고 승벽심도 강해진 동철이!

버스가 멈춰 섰습니다. 동철이가 먼저 버스에서 내리고 그다음 할머니도 내리였습니다. 동철이는 깡충깡충 뛰면서 그 듣기 좋은 노래를 또 부릅니다.

"나홀로 라라라/ 학교 다닐래!"

할머니는 자기절로 학교 다니는 동철이가 너무도 귀여워 소리쳤습니다.

"동철아!"

그러자 동철이가 주춤 멈추어 섰습니다. 그리고 뒤돌아섰습니다. 할머니는 명주수건을 풀었습니다. 선글라스도 벗었습니다.

아! 할머니! 동철이 앞에 할머니! 할머니가 나타났습니다.

동철이는 두 팔을 벌리고 달려오며 할머니를 불렀습니다.

"할머니!"

‖ 아동소설 ‖

오누이와 개구리

□ 허두남

마을 앞 논머리 길을 따라 두 아이가 걸어가고 있습니다. 올해 여섯 살인 범수와 여동생 순이랍니다.

범수는 물이 반쯤 담긴 작은 밥통만한 유리그릇을 안았습니다. 그 속에는 개구리 한 마리가 왕방울 눈을 물밖에 내놓고 엉거주춤 물에 떠있습니다. 순이는 오빠 곁에 바싹 붙어 서서 종종걸음을 치면서 개구리를 자주 들여다봅니다.

점심때가 금방 지난지라 날씨는 유난히도 찌물쿱니다. 하늘 한복판에 나앉은 해는 심술궂은 계집애처럼 두 볼에 힘을 모아가지고 따가운 입김을 확확 뿜고는 깨고소하게 눈웃음 칩니다.

길옆 모래불은 자글자글 끓이는 열을 받아 감자를 묻으면 잠깐새에 익을 것만 같습니다.

모랫불에는 개미귀신들이 파놓은 함정이 우박 맞은 자리처럼 숭숭합니다. 이런 무더운 날은 개미귀신들에게 더없는 낙원입니다. 참, 개미귀신이란 놈들은 여느 날엔 그림자도 보이지 않다가 무더운 날이면 불쑥 나타나는 게 신기합니다. 날씨 더워지면 금방 생겨나는 건지 아니면 어디에 꽁꽁 숨어 있다가 불볕이 쏟아지는 날에만 나와서 활동하는 건지?

개미 한 마리가 모랫불로 기어왔습니다. 그놈은 모랫불이 너무 따가워서 거미에게나 쫓기듯이 천방지축 기어가다가 개미귀신이 파놓은 함정에 굴러 떨어졌습니다. 급해 맞은 개미는 바둥거리며 함정에서 나오려고 아등바등 애썼습니다. 하지만 함정 속 모래 밑에 몸을 숨기고 먹이가 빠져들기를 기다리던 개미귀신이 이 기회를 놓칠 리 없습니다. 개미귀신은 두 뿔로 모래를 함정 밖으로 부지런히 쳐냈습니다. 개미는 발밑의 모래가 무너지는 바람에 점점 깊이 빠져들었습니다. 개미귀신은 개미가 함정 밑바닥에까지 굴러 떨어지자 답싹 물었습니다. 힘장수 개미였지만 모랫속에 몸을 숨긴 개미귀신을 어쩌는 수가 없었습니다. 개미는 한참 바둥거리다가 급기야 맥을 버립니다.

걸음을 멈추고 곤충세계의 박투를 지켜보던 범수와 순이는 멋쩍은 듯 자리를 떴습니다.

"오빠, 누가 개미를 죽였니?"

"개미귀신이야!"

"개미귀신도 거마리처럼 나쁜 놈이니?"

"그럼!"

범수와 순이는 이때 똑같은 생각을 하고 있었습니다. 개구리의 옆구리에 악착스럽게 들어붙어 피를 빨던 거마리와 고통스러워 뱅뱅 맴을 돌던 개구리의 모습이 머리에 떠올랐던 것입니다.

꼭 일곱 밤 전의 일입니다.

그날도 유치원에 가지 않는 날이라 범수와 순이는 마을에서 좀 떨어진 물웅덩이 옆에서 민들레꽃 씨를 불면서 놀고 있었습니다.

물웅덩이 옆에는 민들레꽃 씨가 지천으로 널려있었습니다. 봄나물 캐는 아줌마들이 그렇듯 샅샅이 뒤지고 뒤졌건만 어떻게 이리 많은 민들레가 살아남아서 꽃을 피우고 씨를 앉혔는지 모를 일입니다. 어찌 보면 목화꽃이 핀 듯 어찌 보면 눈송이가 내려앉은 듯 줄기 끝마다 하얀 민들레 씨가 눈길을 끕니다.

범수가 머리 하얗게 센 민들레 한 송이를 똑 꺾어들고 밤볼을 고무공처럼 뿔궈가지고 훅— 불자 민들레 흰머리는 무수한 낙하산이 되어 포시시 날립니다.

"어때, 내 낙하산이 멋있지?"

범수는 시뚝해 동생을 돌아봅니다. 순이도 질세라 민들레 한 송이를 꺾어들고 소리쳤습니다.

"오빠, 이번엔 내 낙하우산을 봐!"

순이는 낙하산을 낙하우산이라고 합니다.

순이가 도톰한 입에 힘을 주어 훅— 불자 민들레꽃 씨는 또 낙하산부대가 되어 동동 날아갑니다.

순이는 고개를 뒤로 제끼고 날아가는 민들레 씨를 따라 뛰어다닙니다. 민들레 씨 하나가 웅덩이 물위로 날아가자 순이는 손뼉을 치며 환성을 질러댔습니다.

"낙하우산아, 제발 물에 떨어지지 말고 건너가라!"

하지만 동동 떠가던 민들레 씨는 순이의 간절한 기대를 저버리고 차츰 처지더니 물 위에 살포시 내려앉았습니다.

실망한 듯 입이 뚜—해서 물에 젖어드는 민들레 씨를 지켜보던 순이가 갑자기 호들갑스러운 소리를 질렀습니다.

"오빠, 저걸 좀 봐!"

"뭐야?"

"개구리가 잡기단을 논다!

순이가 가리키는 곳을 보니 '낙하우산'이 떨어진 바로 옆에서 개구리 한 마리가 모로 누워 뱅뱅 맴을 돌고 있었습니다.

"오빠, 저 개구리 재간 있지? 뱅뱅 멋있게 돈다!"

순이는 캐드득거리며 재미있게 바라봅니다.

범수는 고개를 갸웃거립니다. 암만 봐도 재간 피우느라고 도는 것 같지 않았습니다. 언젠가 개구쟁이 돌이가 풍뎅이를 붙잡아서 마당을 쓸게 한다면서 날개를 비틀어놓았을 때의 모습 같았습니다.

범수는 돌멩이를 주어서 개구리 옆에다 던졌습니다. 돌멩이가 옆에 떨어져 파문을 일으켰지만 개구리는 달아나지 않고 그냥 뱅뱅 맴을 돕니다.

범수는 저켠에 뛰어가서 한 발 남짓한 마른 나뭇가지를 주어들고 왔습니다. 나뭇가지 굵은 켠을 손에 쥐고 초리 켠으로 개구리를 걸어 당겼습니다. 잘 걸리지 않아서 한 뼘쯤 끌려나오다가 벗겨졌습니다. 다시 걸어서 잡아당겼습니다. 몇 번을 반복하여서야 물가까지 나왔습니다.

개구리를 쥐고 찬찬히 살펴보니 옆구리에 거마리란 놈이 찰싹 들어붙어있지 않겠나요?

"요 못된 거마리 놈아, 어디 죽어봐라!"

범수는 거마리를 떼어내어 땅바닥에 동댕이치고 밟아 죽였습니다.

"오빠, 거마리가 개구리를 물었니?"

"개구리의 피를 빨아먹었어! 봐라, 거마리 놈이 피를 빨아먹은 자리야!"

범수는 개구리를 손바닥에 올려놓고 거마리가 붙었던 자리를 가리켰습니다. 껍질이 벗겨지고 피가 줄줄 흘러내렸습니다.

순이는 개구리의 상처를 들여다보며 속삭였습니다.

"많이 아프지? 개구리야?"

상한 개구리를 그냥 내버려두면 죽을지도 모를 일입니다. 집에 갖고 가서 치료해줘야 했습니다. 범수와 순이는 개구리를 가지고 집으로 돌아갔습니다.

범수는 집에 들어서자 바람으로 노란 약을 찾아내어 개구리의 상처에 발랐습니다. 약을 발라주니 개구리는 움치고 앉으면서 입을 떡떡 다시였습니다. 순이는 개구리가 입을 다시는 모양을 보고 종알거렸습니다.

"개구리가 배고픈 모양이다. 밥을 주자!"

"바보, 개구리는 밥을 먹지 않아. 벌레를 먹어."

"그럼 벌레를 잡아주자!"

"좋아, 파리를 잡아주자!"

범수는 파리채를 쥐고 파리를 찾았습니다.

운수가 좋지 못 한 파리 한 놈이 문설주에 앉아 앞발을 싹싹 비비고 있었습니다. 제발 죽이지 말아달라고 사정하는 듯 했습니다.
쳇, 네놈이 해충인 걸 다 알거든! 그렇게 빈다고 살려줄 줄 알아?

파리채가 획— 날아가자 방바닥에 떨어지는 파리.

순이는 제꺽 죽은 파리를 집어 들었습니다.

(요놈아, 넌 우리 아기의 간식이야!)

순이는 파리를 개구리의 앞에 놓고 엄마가 자기 아기에게 말하듯
속삭였습니다.

"아가야, 맘마 먹어!"

개구리는 들었는지 말았는지 입을 꾹 다물고 미동도 없습니다.

범수는 파리를 개구리의 입에 갖다 대었습니다. 그래도 개구리는
여전히 못 본 체할 뿐.

"상한 곳이 아파서 먹을 생각이 없는 모양이다."

범수는 측은한 눈길로 개구리를 쓸어보며 한숨을 호— 내쉽니다.
그는 유리 통졸임통을 찾아내어 물을 반쯤 붓고 개구리를 넣었습니
다. 통에 들어간 개구리는 머리 앞부분을 물밖에 내밀고 가만히 있
었습니다.

개구리는 이튿날도 먹지 않았습니다.

며칠 지나니 상처는 아물었는데도 웬일인지 파리를 잡아주면 그
냥 못 본 체했습니다.

"개구리가 아기 생각이 나서 먹지 않는 거야!"

범수의 말에 순이는 눈이 말똥말똥해서 오빠를 쳐다봅니다.

"아기가 누구야?"

"개구리의 아기는 올챙이야. 지금 올챙이가 보고 싶어 이러는 거야!

"그럼 어쩌니?"

"어쩌긴 어쩌겠니? 개구리에게 아기를 찾아줘야지!"

이리하여 범수와 순이는 지금 전번에 개구리를 발견했던 그 물웅
덩이로 올챙이 잡으러 가고 있는 것입니다.

물웅덩이에 이른 범수와 순이는 뜻밖의 정경에 눈이 두 곱이나
커졌습니다.

일곱 밤 전만 해도 작은 늪 같던 웅덩이는 물이 싹 말라있었습니
다. 웅덩이 가운데 깊이 패운 홈에만 물기가 약간 남아있었는데 올

챙이들이 모두 거기에 모여들어 바글바글했습니다. 어찌도 많은지 백 마리 되고도 또 백 마리는 될 것 같았습니다.

방금 전까지 어떻게 올챙이를 잡을까? 몇 마리를 잡을까? 그 궁리에 골몰하던 범수는 당황해났습니다. 어린 나이에도 물이 마르면 올챙이가 살지 못 한다는 것을 알았습니다. 개구리에게 '아기'를 찾아주려던 계획은 가뭇없이 사라지고 어서 올챙이를 구해야겠다는 생각이 머릿속에 맴돌아 쳤습니다.

올챙이를 많이 잡을 수 있겠다고 좋아하던 순이는 오빠의 낯빛에 따라 기색이 변합니다.

"오빠, 왜 그래?"

"물이 없어 올챙이가 다 말라죽는다."

순이는 금시 울상이 되었습니다.

"올챙이가 너무 불쌍하구나!"

범수는 웅덩이의 옆으로 흘러가는 논도랑 물을 찬찬히 살펴보았습니다. 논도랑은 웅덩이와 불과 두어 자 사이 두고 있었고 웅덩이보다 높았습니다.

"물을 끌어들이자! 올챙이가 살 수 있게!"

"어떻게 말이니?"

"엊저녁 텔레비전에서 황소개구리가 물을 끌어들이는 걸 못 봤니? 황소개구리처럼 땅을 파고 저 물을 웅덩이로 끌어들이잔 말이다."

순이는 그제야 알았다는 듯 얼굴색이 피어납니다.

"빨리 파자! 나도 황소개구리 하겠어!"

어제저녁 텔레비전 '동물세계' 프로에는 감동적인 장면이 나왔습니다. 웅덩이에 물이 말라 수천 마리의 올챙이들이 죽음을 앞두고 있을 때 황소개구리 아빠가 뒷발로 땅을 뚜져서 물길을 내고 물을 끌어들이는 것이었습니다. 범수네는 아빠 엄마까지 네 식구가 그 장면을 보면서 개구리도 제 자식을 사랑하는 데는 사람과 꼭 같다고 감탄했습니다.

범수는 끝이 뾰족한 돌멩이 두개를 주어들더니 작은 것을 순이에게 주면서 말했습니다.

"넌 이걸 가지고 저쪽에서 이렇게 파라. 난 여기서 그쪽을 향해 팔게."

"그럼 물이 들어오니?"

"그렇잖구! 우리 둘이 판 자리가 마주치면 물이 쏴— 흘러들지."

범수와 순이는 웅덩이 사이 둔덕진 땅을 마주 파기 시작했습니다. 범수는 논도랑에서 웅덩이 켠을 향해, 순이는 웅덩이에서 논도랑 켠을 향해…

우리의 두 꼬마주인공은 황소개구리보다 재간이 많이 서툴렀습니다. 젖 먹던 힘까지 다해서 허벼대도 흙은 과자부스러기만큼 밖에 떨어지지 않았습니다. 황소개구리는 뒷다리와 궁둥이를 바닥에 딱 붙이고 비비적거리면서 소형 불도젤처럼 뚸져 나갔는데…

범수는 부지런히 흙을 파면서 한편으로 순이에게 좀 더 깊이 파라 좀 더 넓게 파라고 자주 일러줬습니다. 말하자면 전투원 겸 지휘관 역을 했습니다.

순이는 오빠가 파는 것을 넘겨다보면서 고사리 같은 손에 돌멩이를 꽉 틀어쥐고 열심히 팠습니다.

"아가!"

갑자기 범수가 손에 쥔 돌멩이를 내버리고 손가락을 감싸 쥐었습니다.

"왜 그래, 오빠?"

순이가 놀란 눈으로 오빠를 바라봅니다.

범수가 감싸 쥔 손을 풀자 식지 손가락에 껍질이 벗겨지고 피가 돋아 난 것이 눈에 띄었습니다. 흙속에 있는 자갈에 긁힌 것이었습니다.

순이는 오빠의 손가락을 호호 불어줍니다.

"많이 아프지, 오빠?"

범수는 손가락이 아려났지만 짐짓 아무렇지도 않은 듯 씩 웃음을 날렸습니다.

"찌끔 아프지만 하나도 안 아파!"

두 아이는 다시 돌멩이를 쥐고 일을 계속했습니다.

범수는 상한 손가락이 흙에 스치면서 따끔따끔 아팠지만 꼬마군대처럼 용감하게 참았습니다.

드디어 둘이 판 자리가 마주쳤습니다. 둘이 팠다 해야 순이가 판 것은 자신의 조막손으로 한 뼘도 못 되었습니다.

웅덩이에 물이 흘러들자 두 아이는 너무 좋아 퐁퐁 뛰었습니다.

올챙이들이 몰려있는 홈에 생명수가 흘러들자 올챙이들은 파르르 파르르 꼬리를 치며 쫑쫑 헤엄칩니다.

물은 홈을 채우고 다시 웅덩이 전역을 덮기 시작했습니다. 올챙이들을 손가락질하며 신바람 나 뛰어다니던 순이가 문득 생각난 듯 소리쳤습니다.

"오빠, 올챙이를 붙잡아 넣자던 걸 깜빡했어!"

"그랬구나!"

"지금 붙잡아 넣자."

범수는 당장 신을 벗고 웅덩이 물에 들어서려는 순이를 말렸습니다.

"우리 개구리를 물에다 놓아주자!"

오빠를 빤히 쳐다보는 순이.

"개구리를 여기다 넣으면 모든 올챙이들이 다 엄마가 있게 된단 말이다. 개구리도 숱한 아기가 생기니 더 좋을 거구."

"와! 근데 개구리가 보고 싶어 어쩔까?"

"보고 싶으면 여기 와서 보면 돼! 우리 날마다 보러 오잔 말이다."

"정말이야, 오빠? 약속해!"

순이는 죄꼬만 새끼손가락을 자벌레처럼 꼬부려가지고 오빠의 손가락에 걸어 당겼습니다.

범수는 개구리가 들어있는 통을 물위에 거꾸로 쳐들고 쏟았습니다. 물이 꿀룩꿀룩 쏟아지면서 개구리도 물과 함께 나왔습니다.

일주일 만에 웅덩이 물에 들어선 개구리는 꿈같은지 왕방울 눈을 디룩거리며 한동안 가만히 있었습니다. 발로 물을 차며 두어 번 헤엄쳐보더니 꿈이 아니라는 걸 알았는지 물속으로 자맥질해 들어갔다가 저쯤에 가서 주둥이를 쑥 내밉니다. 올챙이 몇 마리가 개구리 주위에 오구구 모여들었습니다.

"엄마와 아기들이 반갑다고 인사한다!"

순이는 좋아라고 손뼉을 짝짝 칩니다.

범수도 개구리와 올챙이가 술래잡기 하듯 쫓고 쫓기며 헤엄치는 것을 흐뭇하게 바라봅니다. 그는 싱긋 웃으며 오동통한 주먹으로 코밑를 쓱 올려 씻었습니다. 그 바람에 손등에 묻었던 감탕이 코밑에 수염처럼 게발라졌습니다.

순이는 손가락으로 오빠의 코밑을 가리키며 웃어댑니다.

"해해, 오빠 수염이 났다. 오빠 아저씨 됐다."

순이는 너무 우스워 뱅글뱅글 돌면서 웃어대다가 돌멩이에 걸려 뒤로 벌렁 넘어졌습니다. 그 바람에 엉덩이에 커다란 진흙도장이 찍혔습니다. 그래도 그냥 깔깔 웃어댑니다. 그러자 범수도 동생과 함께 웃습니다.

두 오누이의 유쾌한 웃음소리는 물웅덩이가에 떠돌다가 햇빛이 쏟아지는 하늘로 산새마냥 멀리멀리 날아갔습니다.

☆ 동화 ☆

아틀란티스의 상공에 출렁이는 바다

□ 김현순

1. 뽀뿌라는 왕

뽀뿌라~ 뽀뿌라…

망망임해 그 건너 켠 문명도시 뒷골목 자그마한 가게에서 태어난 새끼하이에나의 이름이 왜 그렇게 지어졌는지 뽀뿌라 자신은 알 길이 없었습니다.

"내 사랑 뽀뿌라~ 넌 이제 너의 낙원으로 돌아갈 때가 되었구나…"

사양원 베라아저씨의 거쿨진 손이 뽀뿌라의 머리털을 정답게 쓰다듬어줍니다.

"어우- 어우-"

고개를 건듯 쳐들고 제법 어른스레 울어예는 뽀뿌라는 명멸하는 도시를 자꾸 뒤돌아보면서 위험이 도사리고 있는 미지의 숲으로 스적스적 걸어갔습니다.

하루 이틀이 지났습니다. 날마다 고기로 배불리던 뽀뿌라에겐 생존의 위기가 닥쳐왔습니다. 심한 허기증에 눈앞이 핑글핑글 돌아가는 듯 했습니다.

그때였습니다. 멀리에서 얼룩점 박힌 하이에나 무리들이 "어우-어우-" 괴성 지르며 모여들어 쓰러진 코끼리 한 마리를 물어뜯는 광경이 안겨왔습니다.

"어우- 어우-"

뽀뿌라는 가족을 찾은 기쁨으로 젖 먹던 힘을 다 내어 하이에나 무리한테로 달려갔습니다. 그런데 하이에나들은 낯선 자의 출현에 날카로운 이빨을 드러내고 추호도 양보 없이, 사정없이 뽀뿌라를 쫓아버렸습니다.

"아, 배고파…"

멀찌감치 떨어져서 군침만 흘리던 뽀뿌라는 하이에나들이 실컷 포식하고 떠난 다음에야 겨우 코끼리 발가락 사이에 붙은 군살을 뜯어먹고 요기를 하였습니다.

또 하루 이틀이 지났습니다.

지나친 허기증은 뽀뿌라의 야성을 충분히 살려주었습니다.

뽀뿌라는 점차 토끼며 양이며 닥치는 대로 덮치기 시작하였습니다. 한 번은 풀을 뜯는 새끼 멧돼지에게 덮치다가 어미 멧돼지의 주둥이에 난 뿌죽한 이빨에 찍혀 죽을 번 하기도 하였습니다. 하지만 그러는 가운데서 뽀뿌라의 용맹은 점점 커갔으며 인젠 먹이 때문에 배를 굶기는 일은 거의 없었습니다.

하이에나란 워낙 무리 지어 다니면서 집단의 힘으로 강적을 정복

하고 포식하는 것이 관례인데 뽀뿌라는 홀로의 세상을 구축해나가야만 했습니다. 뽀뿌라는 점차 그런 생활에 적응되어 갔고 제법 두려움에 감히 도전해 나갔습니다.

"아, 인생이란, 아니, 하이에나의 삶이란 워낙 이런 거였구나…"

방금 잡은 새끼 노루 한 마리를 두 때나 포식한 뽀뿌라는 자그마한 언덕 나무 밑에서 네 각을 뻗고 낮잠 자려고 눈을 감았습니다.

그런데 문득 "어우― 어우―" 하고 요란하게 짖어대는 소리들이 귀를 자극해왔습니다.

"아니, 이건…"

뽀뿌라는 눈을 번쩍 떴습니다. 그리 멀지 않은 펑퍼짐한 풀밭에서 코뿔소 한 마리가 하이에나들에게 포위되어 있었습니다. 힘이 세기로 소문난 코뿔소이지만 수십 마리나 되는 하이에나 앞에선 도저히 몸 빼지 못 하고 있었습니다. 하지만 벌써 몇 마리의 하이에나들도 코뿔소의 발에 밟혀 죽거나 코뿔에 배가 찔려 뻐드러져 있었습니다.

시간은 점점 흘렀고 코뿔소는 온몸이 물어 뜯겨 피가 줄줄 흐르고 있었습니다. 반면에 하이에나의 사상자 숫자도 점점 늘어나고 있었습니다.

그것을 지켜보는 뽀뿌라의 눈에선 금세 불이 일었습니다. 얼마 전 어미 멧돼지에게 개죽음을 당할 뻔한 일을 떠올리고는 그래도 집단의 응집력만이 삶의 확실한 보장임을 뼈저리게 느꼈던 것입니다.

"옳지, 바로 지금이야. 나의 용맹이 승인 받을 기회는~!"

뽀뿌라는 나는 듯이 코뿔소에게 달려들었습니다. 맥이 진하여 헐떡이던 하이에나 떼들은 잠간 어리둥절해 있더니 인츰 합세하여 코뿔소의 포위망을 단단히 좁혀갔습니다. 코뿔소는 궁둥이를 땅에 딱 붙이고 앞발로 땅을 짚고 떡 버틴 채 팽이처럼 뱅뱅 돌면서 들이닥치는 하이에나들에게 반격을 가하고 있었습니다. 한켠 하이에나 가족의 우두머리인 하이에나 왕은 날카로운 앞 이빨을 들러내며 코뿔소에게 정면으로 달려들다가 코뿔소의 둔중한 코뿔에 가슴팍이 푹 찔려 그 자리에서 즉사해버렸습니다. 코뿔소가 몸을 일으키는 순간 뽀뿌라는 홀로 사냥하며 키운 놀라운 실력으로 코뿔소의 뒷다리 밑으로 내리 드리운 사타구니를 힘껏 사정없이 물어뜯었습니다.

"어헝~ 어헝~"

산천이 떠나갈 듯 비명 지르는 코뿔소는 금세 입에 거품을 물고 온몸에 전율을 일으켰습니다. 코뿔소에게 있어서 사타구니는 치명적인 것이었습니다. 그 순간 포위망을 좁히며 기회를 기다리던 하이에나들은 한꺼번에 달려들어 코뿔소의 멱통이며 잔등이며 엉덩이를 사정없이 마구 물어뜯었습니다. 코뿔소의 몸에서는 피가 낭자하게 흘렀으며 그런대로 한식경이 지나자 모로 벌렁 나자빠지며 눈알을 휘번득휘번득 거렸습니다. 드디어 날렵하기로 소문난 코뿔소의 운명은 그렇게 최후를 마감하게 되었습니다.

"어우- 어우-"

자그마한 언덕아래 널따란 풀밭에선 하이에나 떼들의 환호성 소리가 숲 너머로 메아리쳐 갔고 뽀뿌라는 그렇게 하이에나 무리의 새로운 왕으로 추대되었습니다.

2. 사랑이여, 안녕…

미스~ 미스 쥬리~

뽀뿌라는 문명도시 사양원의 본을 따서 처녀하이에나에게 "쥬리" 라는 꽃다운 이름을 달아주었습니다.

"고마워요. 왕자님~"

매번 사냥 때마다 제일 맛 나는 짐승의 간과 심장을 뽑아 먼저 쥬리에게 선물하는 뽀뿌라였습니다. 뽀뿌라는 하이에나들이 자신을 왕이라 부르지 말고 왕자라고 부르게 하였습니다. 어릴 적 베라사양원이 곁에서 읽어주던 "왕자와 공주"의 이야기가 생각났던 것입니다.

어우-어우-, 아우-아우-…

하이에나 가족에는 축복의 메신저가 꽃비 되어 내렸습니다.

세월은 그렇게 하루하루 흘렀고 하이에나 가족의 경사는 눈 내리는 지척을 앞두고 바삐 돌고 있었습니다.

"사랑하는 왕자님, 내 사랑 뽀뿌라…"

"왜…"

"저 잠깐 고개 너머 갔다 올래요. 왕자님께 드릴 선물 가지러…"

기다란 속눈썹을 살포시 내리깔며 쥬리는 말을 이었습니다.

"절대 비밀이니 따라오지도 말고, 저 혼자 잠깐 갔다 오게 해줘요."

"아, 그래요? 거 참 신비로운데… 그럼 소원대로 하시구려."

그리하여 쥬리는 고개 너머로 떠났고 뽀뿌라는 그 신비의 선물을 못내 기다리고 있었습니다. 그런데 한식경이 지나도 하루가 거의 다 지나도록 쥬리의 모습은 종내 나타나지 않았습니다.

"이거 큰일 났구나…"

뽀뿌라는 절대 따라오지 말라던 약속을 내팽개친 채 한달음에 고개 너머로 달려갔습니다. 그런데 고개 너머 후미진 곳에는 쥬리의 그림자도 보이지 않았습니다. 풀대들이 마구 쓰러지고 한바탕 몸싸움 벌인 흔적만이 지저분하였습니다.

"아아, 쥬리… 쥬리…!"

눈에 쌍불을 켜고 사처를 샅샅이 훑던 뽀뿌라는 풀숲 저켠에 지저분히 널려있는 비린내 풍기는 뼈다귀무지를 발견하였습니다.

"혹시…"

대뜸 불길한 예감이 뇌리를 쳤습니다.

아니나 다를까 가까이 가보니 속눈썹 기다란 쥬리의 낯가죽만이 뼈무더기 한옆에 버려져 있었습니다.

"아아~~ 누가, 그 누가 내 쥬리를…!!"

가슴 터지는 괴성이 고개 너머 후미진 골안을 마구 쥐고 흔들었습니다.

"어우- 어우- 어어우-…"

3. 피 값은 피로

하이에나 가족이 살고 있는 라따뷰 임해는 아틀란티스공화국에 있는 가장 큰 원시림이었습니다. 사랑과 평화로 화기 넘치는 인간세상과는 달리 라따뷰 임해는 약육강식의 생존법칙에 따라 수만 년을 그렇게 맥을 이어가고 있었습니다.

라따뷰 임해에서 하이에나 가족성원들이 하나 둘 본격적으로 실종되기 시작한 것도 바로 쥬리의 참사가 빚어진 후부터였습니다. 하이에나 가족은 그럴수록 뽀뿌라를 핵심으로 한데 꽉 웅켜 함께 조심스레 움직이게 되었습니다.

"왕자님~ 이거 큰 일 났습네다!"

며칠 전 실종되었던 장수 하이에나 한 마리가 구사일생으로 살아 돌아와 헐떡거렸습니다. 온몸이 피투성이가 되었고 앞다리 한 쪽이 거의 끊어져 거덜거렸으며 옆구리가 한 뽐이나 되게 찢어져 있었습니다.

"고개 너머 물 건너 또 고개 너머에 눈알 세 개 달린 괴물이 그 동네를 장악하고 닥치는 대로 짐승들을 잡아먹고 있답니다. 며칠 전 내가 그 놈한테 잡혀 갔더랬는데 나 말고 잡아놓은 또… 또 다른 짐승들을 먹다가 목구멍에 뼈… 뼈다귀가 걸렸지 뭡니까. 그 놈이 씨근덕거리는 동안에 겨우… 겨우 도망쳐 왔습네. 이제 곧 우리 동네로 쳐들어올지도 모르겠네요… 헐떡헐떡…"

"엉? 어떤 놈인데, 그저 당하고만 있을 우리가 아니지… 마침 잘 됐다. 우리가 그 놈을 찾아가 원수를 갚자!"

뽀뿌라의 눈에서는 무서운 섬광이 번뜩이었습니다.

"어우— 어우—"

뽀뿌라를 선두로 하는 하이에나가족 용사들은 고개 너머 물 건너 다시 고개 너머로 줄기차게 달려갔습니다.

"커컹~ 컹~!…"

하이에나 가족 용사들 앞에 떡 버티고 선 것은 망아지만큼 한 짐승이었는데 과연 두 눈알 위 이마빼기에 눈알이 하나 더 붙어있었습니다.

"잘 왔다. 마침 찾아가려던 참이었는데, 이 노옴~!!"

골안이 떠나갈 듯 괴성 지르며 놈은 하이에나들을 덮쳤습니다. 하이에나들은 제꺽 그 놈을 포위하고 엇바꾸어 달려들며 날카로운 이빨로 사정없이 물어뜯기 시작하였습니다. 하지만 그 놈의 이마빼기에 붙은 눈에서 삽시에 강렬한 빛이 뿜겨져 나와 하이에나들을 태워버리는 통에 용사들은 하나 둘 불에 타죽어 버렸습니다.

"어우- 어우-"

뽀뿌라는 쓰러져가는 가족용사들을 바라보며 격노의 비분을 참지 못 하여 연신 괴성을 질러댔습니다.

"어우- 어우-"

뽀뿌라는 날렵하게 몸을 날려 놈의 멱줄을 향해 서슬 푸른 이빨을 드러냈습니다.

번쩍~! 소름끼치는 섬광이 이빨 끝에서 불꽃 튕겼습니다. 하지만 그에 맞춰 고개 돌린 놈의 이마빼기에 붙은 눈에서는 또 다시 강열한 빛줄기가 뿜겨져 나와 번개처럼 뽀뿌라의 몸을 강타했습니다. 잽싸게 몸을 피하기는 했지만 뽀뿌라의 앞가슴 심장 옆엔 주먹만 한 구멍이 펑 뚫어져 있었습니다. 뚫어진 구멍으로 붉은 피가 사정없이 흘러 지저분하게 널려있는 하이에나 용사들의 시체를 물들이고 있었습니다.

비칠비칠 간신히 몸을 지탱하면서 뽀뿌라는 하늘을 바라보았습니다. 때마침 어두운 밤하늘에는 쟁반 같은 둥근달이 둥실 떠있었습니다. 워낙 달나라에서 살았다는 하이에나의 전설을 사양원 베라아저씨의 낭독시간에 들은 적 있는 뽀뿌라는 달을 향해 연신 괴성을 질러댔습니다.

"어우- 어우-"

순간, 바로 그때였습니다. 글쎄 이게 뭡니까!

기적 같은 일이 순식간에 일어났습니다. 둥근달로부터 한줄기 눈부신 은빛 섬광이 뽀뿌라의 몸을 내리비추는 것이 아니겠습니까!

기적은 정말 일어났습니다. 뽀뿌라는 금세 공룡 티라노사우르스보다 더 큰 괴물로 변해버렸습니다. 세 눈 가진 괴물의 요상한 빛도 뽀뿌라의 몸에는 더 상처를 입힐 수 없었습니다.

"어우- 어우-"

뽀뿌라는 그 큰 발로 세 눈 가진 괴물의 몸을 꽉 딛고는 날카로운 이빨로 괴물의 머리통을 잡아 뜯었습니다. 끊어진 목구멍에서 단통 시뻘건 피가 분수처럼 뿜겨져 나왔습니다.

푸우~ 푸우우우~~

괴물은 그 자리에서 요절나버렸습니다.

뽀뿌라의 몸도 원래대로 상태복귀 되었습니다.

하지만 주변에 처참하게 널려있는 하이에나가족 용사들의 시신을 바라보는 뽀뿌라의 두 눈에서는 피눈물이 하염없이 줄줄 흘러내렸습니다.

지나친 비통과 슬픔을 안고 뽀뿌라는 그만 둔덕에 쓰러져 눈을 감았습니다. 그런데 그렇게 드러누운 뽀뿌라는 영영 깨어날 줄 몰랐고 뽀뿌라가 누워 잠든 그 자리에는 뽀뿌라를 닮은 바위 하나가 빛을 뿌리고 있었습니다.

너와 내가 만나서 가족이 되고
힘과 힘 합쳐서 사랑 꽃피는 라따뷰
망망임해 그 너른 품에
눈물로 씌어진 그리움의 나라
라따뷰는 세월 속에 미소를 짓네

사품치는 바람이 노래 싣고 멀리멀리 아틀란티스 상공에 메아리 쳤습니다.

4. 전설은 전설대로

다시 세월이 흘렀습니다. 참으로 긴 세월이 흘렀습니다. 전례 없던 지각운동으로 하여 아틀란티스의 상고문명은 대서양과 태평양 해저 심처에 잠들게 되었고 뽀뿌라의 전설이 빛나던 라따뷰임해도 함께 침전되었습니다.

평화와 사랑으로 화기롭던 아틀란티스의 상고문명 곁에는 라따뷰임해의 엽기적인 전설도 뽀뿌라의 이름과 더불어 억겁의 긴긴 세월을 잠들어야 했습니다.

오늘날 아틀란티스의 상공에는 여전히 어김없이 바다가 출렁이고 있습니다.

악마
돌이의 전설

□ 이강산

악마 돌이는 악부(惡父)와 마녀(魔女) 사이에 태어난 유일한 귀동 자였습니다. 그리하여 악마 돌이는 온가족의 사랑을 송두리째 차지 하고 있었습니다. 천년 묵은 주목나무의 줄기 가운데를 펑 구멍 뚫 고 자리 잡은 악마 돌이의 집에서는 '세상에 부러움 없어라'라는 노 래가 그냥 그칠 줄 몰랐습니다.

그런데 무지개학원에 다니기 시작하면서부터 악마 돌이에게는 큰 고민거리가 생겼습니다. 하늘나라 태백금성의 손주 녀석이랑 옥황상 제의 증손녀랑은 악마 돌이를 보기만 하면 입을 비쭉거리며 왕따시 키는 것이었습니다.

"얘, 저 애 아빠 세상에 나쁜 짓만 일삼는 악부래. 그리고 저 애 엄만 세상에 재앙만 가져다주는 마녀래."

"히히… 악부, 마녀… 어쩜 그 아들도 악마… 하하, 그 꼴 참 잘

낳군, 잘났어!"

그날도 하학하고 집에 돌아온 악마 돌이는 아빠, 엄마에게 화풀이를 하며 가장집물을 마구 둘러메쳤습니다.

"야, 이 녀석, 아빠 엄마가 아글타글 이 짓 해오지 않았다면 어떻게 널 세상의 최고학원인 무지개학원에 보낼 수 있겠니? 그 비싼 학비를 마련하느라 애비, 에미는 얼마나 개고생 하는데… 망할 놈의 자식~!"

엄마 마녀의 꾸짖음이 채 멎기도 전에 아빠 악부는 악마 돌이의 귀쌈을 한 매 호되게 후려쳤습니다.

찰싹~!

악마 돌이는 난생 처음 맞아보는 매인지라 얼굴 전체가 얼얼해나고 뻥해나며 온몸의 피가 거꾸로 치솟았습니다.

"스벌~! 이놈의 집에서 안살거야!"

말을 마친 악마 돌이는 후닥딱 밖으로 뛰쳐나갔습니다. 등 뒤에서는 악마 돌이의 이름을 불러대는 마녀 엄마의 찢어지는 목소리가 귀청을 때렸고 그냥 칵 내버려두라는 악부 아빠의 씨근덕거리는 소리도 들려왔습니다.

악마 돌이는 밸 김에 천리나 내처 달렸습니다. 귀가에는 번개 선생님의 부드러운 목소리가 문득 새삼스레 들려왔습니다.

"돌이 학생, 태어날 때부터 악마란 있을 수 없어요. 좋은 일 많이 하며 살면 나중에 괴물도 신선이 될 수 있고 나쁜 일만 많이 하면 누구든 악마로 될 수 있는 거예요. 돌이 학생의 악마란 이름은 부모가 지어준 것이기는 하지만 열심히 좋은 일 찾아한다면 꼭 하늘나라 무지개학교의 으뜸으로 손꼽힐 수 있어요. 돌이 학생, 신심 있죠?…"

악마 돌이의 가슴에선 드디어 비장한 결심 같은 것이 머리를 쳐들었습니다.

우거진 숲을 헤치며 돌이가 다다른 곳은 '벙어리나라'였습니다. 이 나라 사람들은 한결같이 말을 하지 못하였습니다. 왜냐 하면 이 나라 사람들은 한결같이 목에 성대(聲帶)가 없었던 것이었습니다. 말을 하지 못 하나 손짓, 발짓 해가며 자신의 의사를 표달하기에 급

급한지라 사람들 모인 곳엔 온통 분주하기 그지없었습니다.

"아, 정말 불쌍한 사람들이구나. 이럴 때 좋은 일 하지 않고 언제를 기다리랴. 돌이는 이제부터 악마가 안 될 거야…!"

악마 돌이는 부모한테서 유전 받은 신통력으로 자신의 목청을 뽑아내어 하늘에 올리 뿌렸습니다. 순간 수천수만 개의 목청들이 단꺼번에 생겨나더니 저마끔 깃을 치며 벙어리나라 백성들 목구멍에 날아들어가 소리를 내기 시작하였습니다.

"우라~! 우라~!"

삽시에 벙어리나라에선 우주가 폭발할 듯한 환성이 터져 나왔습니다.

이제는 성대 없는 악마 돌이지만 좋은 일 했다고 생각하니 내심은 즐거움으로 차 넘쳤습니다.

"그래, 난 악마가 아니야…!"

악마 돌이는 또 내처 달렸습니다. 얼마나 달렸는지 아카시아나무 숲을 헤치며 다다른 곳은 '귀머거리나라'였습니다. 이 나라 사람들은 한결같이 말을 듣지 못 하였습니다. 왜냐 하면 이 나라 사람들은 천성적으로 귀구멍에 고막이 없었던 것이었습니다. 말을 듣지 못 하니 역시 손짓, 발짓 해가는 것은 물론 사람마다 종이에 연필 들고 글을 써서 대방에게 자기의 뜻을 알리느라고 야단법석이었습니다.

"안 되겠군, 이번에도 좋은 일을 해야지…"

이렇게 생각한 악마 돌이는 자신의 두 고막을 뽑아내어 공중에 힘껏 올리 뿌렸습니다. 이번에도 고막은 높은 하늘에서 수천수만 개로 변하더니 저마끔 깃을 치며 귀머거리나라의 백성들의 귀구멍에 날아들어 미묘한 소리의 울림을 확 전달해주었습니다.

"우라~! 우라~!"

삽시에 귀머거리나라에서도 우주가 폭발할 듯한 환성이 터져나왔습니다.

이제는 고막마저 없어진 악마 돌이지만 좋은 일 한 가지 더 하였다고 생각하니 가슴은 더욱 즐거움으로 부풀어 올랐습니다.

"암, 그렇구 말구, 난 악마가 아니야…!"

악마 돌이는 이렇게 긍지감으로 가슴을 들먹이며 그냥 내처 달렸습니다. 이제는 다리가 후들후들 떨려나기 시작하였습니다.

　아빠, 엄마에게 그리고 옥황상제의 손녀랑 태백금성의 손주녀석에게랑 꼭 본때를 보여주리라 마음먹으며 악마 돌이가 다다른 곳은 '장님나라'였습니다. 이 나라 사람들은 한결같이 앞을 보지 못하였습니다. 왜냐 하면 이 나라 사람들은 한결같이 태어날 때부터 눈알이 없었던 것이었습니다. 앞을 보지 못하니 사람마다 막대기를 잡아쥐고 어정어정 다니는 것이 여간 불편하지 않았습니다. 또 사람들 많은 곳에선 막대기와 막대기가 서로 부딪쳐 난장판을 이루었습니다.

　"아, 이번에도 도움엔 지체할 수 없구나."

　이런 생각과 더불어 장엄한 결심을 내린 악마 돌이는 떨리는 손으로 자신의 두 눈알을 뽑아들었습니다. 눈알 뽑힌 눈확에선 시뻘건 선지피가 콸콸 샘물처럼 흘러나왔습니다. 악마 돌이는 비틀거리면서 이를 악물고 자신의 눈알을 젖 먹던 힘까지 다 내어 공중에 올리 뿌렸습니다. 그랬더니 이번에도 눈알은 하늘 높이 솟아오르더니 수천수만 개의 눈알이 되어 반짝반짝 빛을 뿌리며 장님나라 백성들의 눈확에 날아들어가 앞을 환하게 틔워주었습니다.

　"우라~! 우라~!"

　삽시에 '장님나라'에서도 우주가 폭발할 듯한 환성이 연해연방 터져나왔습니다.

　하지만 극심한 통증에 피를 철철 흘리면서 악마 돌이는 그 자리에 스르르 무너져 내렸습니다. 소리도 내지 못 하고 보지도 못 하는 악마 돌이는 '장님나라'의 환호성소리는 더구나 들을 수가 없었습니다. 하지만 악마 돌이는 자신의 손을 잡고 빙글빙글 돌아가는 옥황상제의 손녀랑 태백금성의 손주녀석이랑 자신의 머리를 쓰다듬어주며 환하게 웃어주는 번개 선생님의 자애로운 미소랑 분명히 가슴속으로 느끼고 있었습니다.

　악마 돌이는 얼굴에 만족의 미소를 두르며 조용히 숨을 거두었습니다.

　순간 이상한 일이 발생하였습니다. 악마 돌이의 시체는 물처럼 녹아 사르르 땅속에 잦아드는 게 아니겠습니까? 그러더니 잠시 후 그 자리에선 파란 싹이 내돋더니 잠깐 새에 쭉쭉 키가 크는 것이었습니다. 그 풀은 가쯘하게 마디를 가졌는데 줄기의 속은 비어있었습니다. 그것은 참대였습니다. 참대는 뿌리에 뿌리를 쫘악 뻗어가더니 이내 그 주변을 무성한 참대 숲으로 만들었습니다.

자신의 가진 것을 깡그리 세상에 바치고 죽어서도 마음을 비우는 참대, 그래서 바람이 불 때마다 그 참대 숲에선 늘 아름다운 음악이 멜로디로 흘러나온답니다.

밤중에 울린 SOS

□ 권순복

소낙비가 억수로 쏟아지는 캄캄칠야에 섬나라의 울창한 원시삼림 속에 있는 국가동물보호연구소에 긴급구조신호 벨이 사람의 귀청을 때리며 요란하게 울렸다. '포태산 동물연구소'의 산하인 '송림웅담제조회사'의 곰 사양기지에 갇혀있는 어미 곰 웅웅이가 자기의 갓난 새끼를 둘러메쳐 죽이고 자기도 자살하려고 벽이랑 창살에 머리를 짓쫗으며 발광을 하고 있는데 생명이 위험하다는 긴급구조 청구였다. 당직원은 재빨리 이 상황과 대처할 방도를 지휘부에 청시하여 비준을 얻고 헬기 5대에 특종구조인원 20명을 파견하여 구조인원들과 사양원들의 동심협력으로 무진 애를 써서야 웅웅이를 붙잡을 수 있었다. 그리고 웅웅이를 '고의살해죄'로 법정에 압송해갔다.

드디어 웅웅이를 판결하는 날이 되었다. 곰사양기지의 사양원이 원고측을 대표해서 웅웅이가 사양기지에 잡혀온 후 10년이 되었는데 10년 동안 계속 사달을 피우며 벽과 쇠창살에 머리를 쪼아대고 두 앞발로 자기 목을 졸리며 절식하는 등 갖은 수단으로 자살을 시도했다고 진술했다. 사양원은 바로 그러하기에 부득불 네발을 꽁꽁 묶어서 사양했었는데 이번에 새끼를 낳았기에 부양의 편리함을 도모해서 어미 곰 웅웅이를 풀어 놓았다고 하였다. 그런데 글쎄 자기 새끼를 둘러메쳐 죽이고 자기도 죽으려고 시도했으며 다른 곰들을 놀래웠을 뿐만 아니라 사양원들에게도 공포로 인한 정신피해를 주지 않았겠는가. 그래서 웅웅이의 '고의살해죄'에 대하여 엄벌할 것을 요구한다고 했다.

관례대로 피고측 대리인의 진술할 차례였는데 웅웅이가 재판관에게 발언요청을 했다. 세 명의 배심원들이 잠시 토의를 거쳐 웅웅이의 발언을 허용하였다.

"존경하는 재판관님, 이 세상에서 자가 자식을 사랑하지 않는 엄마가 없을 겁니다. 제가 자기의 죄를 도피하려고 변명하는 것처럼 여겨지겠지만 저는 저의 아이를 사랑하고 아끼는 마음에서 모진 마음을 먹고 가슴속으로 피눈물을 떨구며 그를 내 손으로 죽였습니다. 흑…흑…흐으윽…"

웅웅이는 울분을 참지 못하고 서럽게 흐느끼며 뒷말을 잇지 못했습니다.

"뭐? 자기 자식을 사랑하는 마음에서 죽였다고? 당치도 않은 소리!"

재판관이 분노에 찬 엄엄한 목소리였다.

"네. 죄송합니다만 재판관님께서 저의 말을 다 들으시고 판단해주시옵소서."

웅웅이는 울음을 가까스레 삼키며 청구했습니다.

"그렇다면 어서 빨리 말을 하거라."

재판관의 허락이었습니다.

"우리 집은 포태산이라고 하는 원시림 속에서 수천만 년을 대대손손 살아왔어요. 이 원시림은 우리 동물들의 낙원이었어요. 울창한 수림 속에 들어서면 하늘도 보이지 않았어요. 푸른 잔디며 아름다운 꽃, 목청 고운 산새며 귀여운 토끼, 착한 노루며 무던한 우리 곰들은 서로 도우면서 재미있게 보내며 행복하게 살았어요. 그런데 언제부터인지 사람들이 나무를 한정 없이 잘라 갔습니다. 불과 몇 년 사이에 원시살림은 민둥산으로 되었어요. 동물들은 보금자리를 잃고 살길을 찾아 더 깊은 산속으로 들어가지 않으면 안 되었죠. 우리는 새 안식처를 찾기는 했지만 포대산과는 비길래야 비길 수 없이 황량한 곳이었고 친구들도 없어 너무도 심심했어요. 그래서 아빠 엄마 몰래 원래 살던 곳으로 친구들이랑 있는지 찾아보려고 오는 길에 그만 사람들이 파놓은 함정에 빠져 곰 사양기지로 잡혀오게 되었습니다."

"그래 그런데는? 좀 요점만 말하시오. 요점~!"

재판관은 좀 신경질적이었습니다. 그러나 말거나 웅웅이는 계속 차분히 말을 이어나갔습니다.

"처음에는 부모형제들이 그리울 뿐 괜찮았습니다. 잠자리도 좋고 맛있는 먹거리도 실컷 먹을 수 있었으니까요. 그런데 내가 세살이 되자 사람들은 내 옆구리에다 고무호스를 꽂아 넣고 열물을 뽑아내기 시작 했어요. 그 아픔과 고통은 어떻게 말로 형용할 수가 없었어요. 진짜 죽기보다도 못 했으니까요. 그래서 차라리 죽어버리려고 벽이나 철장에 대고 머리를 부딪치자 사람들은 쇠사슬로 나의 네 발을 꽁꽁 묶어 놓았습니다. 더욱 기막힌 것은 곰의 수량이 점점 줄어들자 그들은 우리들에게 인공수정 시켜 아이를 가지게 했지 뭐예요."

여기까지 말한 웅웅이는 문득 흐느끼기 시작하였습니다.

"새끼를 낳는 날, 내 배속에서 95일간 자라난 새끼를 보면서 나는 엄마로 된 기쁨보다 내 새끼가 장차 커서 나처럼 고통받을 앞날을 생각하니 가슴이 칼로 도려내는 듯 아팠습니다. 그리고 몇십 년 그런 고통을 받다가 죽을 거면 차라리 그 고통을 받기 전에 일찍이 죽어버리는 것이 더욱 행복한 삶이라고 생각했습니다. 그래서 우리 둘이 함께 저세상으로 가서 이 세상의 고통에서 해탈되려고 작심하고 모진 마음을 품고 새끼를 죽였습니다. 그런데 나는 죽지 못하고 이렇게 불쌍한 내 세끼 만 죽였군요. 엉~엉~"

웅웅이의 통곡소리는 온 재판청에 울려펴졌습니다.

"아무리 그렇다 쳐도 자기 새끼를 죽이는 것은 잔인한 살해죄이니 너는 엄벌을 면치 못 할 것이다."

원고의 분노한 외침소리였습니다.

이번에는 웅웅이의 변호사의 차례였습니다. 그는 법관과 청중에게

공손히 인사하고 천천히 입을 열었습니다.

"존경하는 재판관님과 배심원 여러분, 웅웅이가 진짜 용서 못 할 죄를 지었다는 것을 저도 인정합니다. 하지만 그가 이런 비극을 빚어낸 원인은 인류들에게 그 근원이 있다고 봅니다. 첫째로 사람들은 다년간 나무를 남벌하고 초원을 갈아 번지고 공업오수와 과독성 폐기물을 마음대로 배출하여 동물들의 생활환경과 자연의 생태환경이 망가지게 하였습니다. 둘째로는 다욕하고 무지한 사람들은 하늘에서 나는 것, 물속에서 헤엄치는 것, 땅에서 기어 다니는, 어느 것이나 닥치는 대로 잡아먹고 코끼리의 상아를 베어내어 공예품을 만들고 수달피 가죽으로 옷을 지어입고 상어 지느러미를 베어내어 요리를 만들고 곰의 열을 떼여 약을 만듭니다… 그리고 여러분, 인류의 이런 피해를 이겨내기 힘든 웅웅이는 자기의 자식을 긴 고통에서 해탈되게 하려는 목적에서 이런 행위를 저질렀던 것입니다. 여러분들께서 감안하여 주시기를 아뢰는 바입니다."

변호사의 말에 법관이나 방청자들은 동감이 간다는 듯 머리를 끄덕이었습니다.

잠깐 휴정하고 법관들이 안방으로 들어가 토론하더니 마침내 판결이 내렸는데 웅웅이를 석방하고 동물나라에서 인류사회에 구조청구편지를 보내기로 결정한다는 내용이었습니다. 삽시에 법정에는 동물들의 환호소리와 박수소리로 들끓었습니다.

‖ 동화 ‖

맷돌이네
쌍둥이 형제

□ 강성범

지금은 연로하여 고물요양원에서 여생을 편히 보내고 있는 맷돌이네 쌍둥이 형제인 동생 웃돌이와 형님 밑돌이는 누님 손잡이와 함께 오늘도 옛 모습 그대로 어깨 나란히 사이좋게 지내면서 우리 민족의 역사와 우량한 전통을 자랑하고 있어요.

지금으로부터 그리 멀지 않은 옛날 옛적이었어요.

맷돌이네 쌍둥이 형제들은 달구지도 힘들게 덜커덩 덜커덩거리며 겨우 다닐 수 있는 울퉁불퉁한 산골길로 그것도 한나절 잘 걸려서야 겨우 닿을 수 있는 두메산골의 어느 한 부락에서 살았대요.

그 시절, 맷돌이네 가정형편은 째지게 가난하여 하루하루 생계를 겨우겨우 유지해 나갔대요.

하지만 인품이 후하고 선량한 성품을 지닌 맷돌이네 쌍둥이 형제는 언제나 누구를 막론하고 편견이 없이 아무 때건 상관없이 도움을 청하기만 하면 언제 얼굴 한번 찡그림 없이 하던 일 제쳐놓고 발 벗고 나서서 있는 힘껏 도와주군 했대요.

늘 일손을 도와 두부콩도 갈아주고 녹두도, 원두도 타작해주면서 말이죠.

그래서 언제나 너그럽고 성실하여 믿음성이 돋보이는 맷돌이네 형제에 대해 동네방네에 칭찬이 자자했어요.

더욱이는 아무리 무거운 짐들이 두 어깨를 짓눌러 몹시 아프고 힘겨워도 짜증 한번 부릴세라 이를 악물고 견뎌내는 형님인 밑돌이의 듬직하고 강직한 성품에 대해 이구동성으로 찬사를 아끼지 않았대요.

이렇게 남녀노소 할 것 없이 맷돌이네 쌍둥이 형제에 대해 공로를 들썽하게 치하하고 있을 때였어요.

동네 사람들의 진정 어린 사랑과 거듭되는 칭찬 속에서 어느새 저도 모르게 점차 거만을 부리며 언제나 제 잘난 체 자기가 없으면 지구가 돌아 안 갈듯이 실력을 뽐내면서 우쭐대던 웃돌이는 형님만 형님이라고 하는 것 같고 자기는 눈여겨보지도 않는 것 같아서 오해를 품으면서 공로는 죄다 형님한테 빼앗긴 것 같아 골머리를 앓기 시작했어요.

그러면서 뾰로통해 옥벼르면서 "흥! 난 안간힘을 다 쏟아 하늘이 무너질 듯 빙빙 돌아서 몸도 제대로 가누지 못할 지경으로 온갖 고생을 다 했는데도 나한테는 일언반구의 칭찬도 없었지… 흥! 두고 보라지! 나 없으면 일이 어떻게 되는가를… 잘 되기는 어림도 없는 일이지…"

그 후부터 웃돌이는 마치도 밑돌이의 탓인 양 형님을 원색적으로 비난하면서 앵돌아져 형님을 거들떠보지도 않았어요. 그렇게도 명랑하던 얼굴은 오만상을 찌푸린 채 누구를 보나 하찮은 일에도 언짢아서 퉁명스럽게 말하였고 볼멘소리를 내지르면서 쩍 하면 신경질적으로 화를 발칵발칵 내군 했어요.

하지만 동생의 속내를 알길 없는 밑돌이는 동네에서 도움을 청할 때마다 동생을 불러 어서 가서 도와주자고 청을 들었어요.

그때마다 이미 마음이 앵돌아진 웃돌이는 "난 요즘 고뿔에 걸려 갈 수 없어. 너 혼자 가도 얼마든지 도와드릴 수 있을 텐데 하필이면 나를 찾아 뭘 하니 일 할 줄도 모르는 내가 가서 무슨 도움이 된다고…"라고 빈정거리며 형님의 청을 투박하게 밀막아버렸어요.

그럴수록 밑돌이는 "너 요즘 성격이 아주 괴벽해졌구나. 무슨 말 못 할 사연이라도 있는 것 같구나! 어디 속 시원히 말 좀 해보렴아. 우리들의 일은 절대 혼자서는 못 해낼 일이 아니잖니! 언제나 일심동체가 돼야 되는데 너 몰라서 그러는 거니? 왜 뻔히 알면서도 이렇게 갑작스럽게 변덕을 부리는 거냐?"라고 캐어물었습니다.

아무리 타일러도 막무가내인 웃돌의 행실이 아니꼬왔지만 별수 없었어요.

밑돌이가 번마다 동네에서 도움을 청할 때마다 일손을 돕지 못해 죄송하고 속상했지만 속수무책으로 가슴만 허비는 애타는 심정을 알고도 남음이 있는 웃돌이는 깨고소해 하면서 날이 갈수록 형님을 소 닭 보듯 하면서 약을 올려 주었어요.

웃돌이가 앵돌아 앉은 지도 시간이 퍼그나 오래 지난 어느 날이었어요.

동네에서는 설날이 곧 닥쳐오자 모두다 명절차비를 서두르며 분주히 돌아치는데도 일손이 딸리어 맷돌이네 형제의 도움을 청하였어요.

예전 같으면 얼굴에 웃음꽃 활짝 피우며 댓바람에 달려가 일손을 도와드렸을 맷돌이네 형제는 웃돌이가 심술을 피우며 딴전을 부리는 바람에 어쩔 수가 없었어요.

그래서 밑돌이는 웃돌이의 갑작스런 변화에 어리둥절해져 갈피를 잡지 못 한 채 근심이 새록새록 가슴을 누르며 애간장을 태우고 있었지만 오히려 웃돌이는 속으로 쾌자를 불렀어요.

"이젠 내가 모범을 보여줄 때가 됐지! 밑돌이가 없어도 나 혼자서도 얼마든지 해낼 수 있으니깐. 그까짓 것 빙빙 돌기만 하면 모든 일은 원만하게 잘 결속 지을 텐데…"하며 밑돌이 몰래 가만해 집을 나와 도움을 청하는 집으로 발길을 향하던 참이었어요.

웃돌이가 허둥지둥 달려가는 것을 본 맷돌 형제의 누님 손잡이는 목청을 돋우어 웃돌이를 불러 세우고 격해진 감정을 억누르며 "얘, 웃돌아! 밑돌이의 빠지직 타들어가는 애끓는 마음을 알기나 하니?

조금이라도 헤아려 본다면 이렇게 수수방관하지 않을 거야! 너 지금 뭘 하려 어디로 가는 거니? 너무나 무정하구나!"

"아니, 넌 라! 난 지금 급히 볼 일이 있어 친구 집으로 막 달려가는 길이야!"

묻는 말에 얼버무려 대답을 둘러 붙인 웃돌이는 손잡이의 눈길을 피해 "걸음아 날 살려다오!" 하고 곧장 일손을 청한 집으로 달려갔어요.

일에 달라붙은 웃돌이는 천만뜻밖에 혼자서 얼마든지 해낼 수 있을 것 같던 생각과는 판판 달랐어요. 아무리 무진 애를 써도 빙빙 돌기는커녕 발자국도 뗄 수 없었어요. 전신이 땀투성이가 되어 안간힘을 다 써도 하는 일은 점점 엉망진창이 돼버렸어요.

어쩔 수 없게 된 웃돌이는 시간이 흐를수록 마음이 어둡고 괴롭기만 했어요. 얼굴에 모닥불을 뒤집어쓴 것처럼 지지벌개서 마음이 초조하고 불안하여 어쩔 바를 모르던 웃돌이는 끝내 고개를 푹 숙인 채 죄송하다는 말 한마디도 변변히 못 남기고 그만 뺑소니치고 말았어요.

얼굴에 수심이 푹 잠긴 채 집으로 돌아온 웃돌이를 본 손잡이는 짐작이 가는 데가 있어 다잡아 물었어요.

"누님, 제가 잘못을 저질렀어요. 다시는 안 그럴게요. 용서해 줘요. 난 오늘 형님 몰래 가만히 가서 일손을 도와드리고 온 부락에 소문이 자자하게 이름을 날려 칭찬을 독차지하고 싶었어요. 그런데 생각밖에 일을 그르쳐 놓고 보니 형님을 볼 면목도 없어요."

"괜찮아! 형님은 그렇게 옹졸하지 않으니깐, 착오는 범하는 것보다 번연히 알면서도 고치려 하지 않는 것이 더 무서운 거야. 넌 그래도 잘못을 깨닫고 허심히 접수하는 애니깐 잘 해낼 수 있어. 그런데 명심해 듣거라. 세상엔 독불장군이라고, 단결이 곧 힘인 거야. 무슨 일이나 맞들면 얼마나 가벼운지를 알지? 이제껏 네가 우에서 빙빙 잘 돌아간 것도 내가 등을 밀어줬으니 말이지 우리들의 일은 절대 혼자서 못 하는 일이 아니잖구 뭐니? 이젠 어떻게 할 거니? 이후에도 개인 영웅주의를 부릴 거야?"

"누님, 알았어요! 내 지금 곧바로 형님한테 가 잘못을 빌겠어요!"

"생각을 참 잘했다. 그럼 나도 함께 형님한테로 가겠다."

형님한테로 간 웃돌이는 허심탄회 잘못을 깊이 반성했어요.

동네 일손을 도와드리지 못 해 고민과 번뇌 속에서 허덕이던 밑돌이는 웃돌이의 말을 듣고 매우 반가워 마음속 첩첩히 쌓였던 근심과 걱정이 오간데 없이 사라지고 가슴속에 기쁨과 희망이 밀물처럼 밀려들었어요.

따라서 동생의 손을 덥석 잡고 어서 빨리 일손을 도우러 가자고 재촉하며 동생의 손을 잡아끌었어요.

그래서 쌍둥이 형제와 누님 손잡이는 손에 손잡고 지체 없이 일손을 도우러 달려갔어요. 그때로부터 쌍둥이 형제는 누님과 함께 또다시 예나 다름없이 한마음 한뜻이 되어 성심성의로 동네 사람들의 일손을 도와 나섰대요.

언제 보나 마음이 너그럽고 슬기롭게 덕망을 쌓아가던 맷돌이네 형제들은 지금도 서로 떨어질세라 서로 돕고 의지하면서 여생을 화목하게 지낸대요.

☆ 동화 ☆

뱃속의 소리

□ 박경화

　장수 할아버지가 이 세상에 태어날 때 그의 부모님들은 이 세상에서 오래오래 살라고 아기에게 '장수'라는 이름을 지어주었습니다. 아기장수는 다른 사람들보다 특별히 큰 두 귀를 가지고 있었습니다.
　세월이 많이 흘러서 아기장수는 어느덧 할아버지가 되었습니다. 두 눈은 흐릿해졌고 손과 발도 제대로 움직여지지 않았습니다. 다만 하얀 머리카락 사이로 불쑥 솟아오른 두 귀만은 아직도 무엇이든지 잘 들을 수 있다는 듯 고개를 번쩍 쳐들고 있었습니다.
　'임금님의 귀는 당나귀'라는 이야기를 떠올리게 할 만큼 큰 귀였습니다. 사람들은 장수 할아버지의 귀를 당나귀 귀라고 놀려주기도 하였지만 할아버지는 누구보다도 소리를 잘 들을 수 있는 큼직한 귀가 너무 마음에 들었습니다.
　장수 할아버지는 얼마 전에 길거리에서 넘어지는 바람에 어깨뼈가 상해서 입원실의 조용한 3층에 입원하게 되었습니다.

장수 할아버지의 병실에는 가족들과 의사, 간호사들만 정해진 시간대로 드나들 뿐 적적하기 그지없었습니다.

주위에 사람이 없는 조용한 시간이 되면 할아버지는 건너편 방에서 들려오는 소리에 귀를 기울이군 하였습니다. 가끔 의사 선생님의 말소리와 초음파기를 통하여 들리는 "툭툭…" 하는 태아의 심장박동소리가 할아버지의 커다란 귀가로 들려왔습니다. 건너편 방은 산모 보건실이기 때문이었습니다. 할아버지는 자기에게도 손자나 손녀가 있으면 얼마나 좋을까 하고 생각하였습니다. 할아버지에게는 세 명의 자녀가 있었지만 손자, 손녀는 없었기 때문이었습니다.

"툭툭…"

초음파기를 통하여 들려오는 태아의 심장박동소리는 그처럼 우렁차고 힘이 있었습니다. 태아들은 이 세상에서 살아갈 힘을 키우기 위하여 엄마의 뱃속에서 무럭무럭 자라고 있었습니다.

"나도 이 세상을 떠나면 태아들처럼 가야 할 다른 세상이 있는 걸까?"

벽 너머로 들려오는 산모 보건실의 소리를 들으면서 할아버지는 생각하였습니다.

그러던 어느 하루 "아유 지루해." 하고 말하는 꼬마의 말소리가 벽 너머에서 들려왔습니다.

장수 할아버지는 어떤 꼬마친구가 엄마를 따라서 산모 보건실에 들어왔을 거라고 생각하였습니다.

"바깥세상은 정말로 소란스러워."

"바깥세상에서 무서운 소리가 날 때면 커다란 손이 나를 살살 어루만져 준단다. 그러면 나는 안심하면서 불안한 마음이 인차 사라지게 돼."

그다음 들려오는 말소리에 장수 할아버지는 그 소리가 태아들의 말소리라는 것을 알게 되었습니다.

그 소리는 일반 꼬마들이 말하는 소리와 달리 조용하고 가늘었으며 먼 산속에서 들려오는 듯 울리는 소리였습니다.

장수 할아버지는 커다란 귀를 소리가 나는 벽에 바짝 들이대었습니다.

"너희들은 뱃속에 있는 태아들이냐?"

할아버지는 참지 못하고 벽에 입을 대고 큰 소리로 말했습니다.

"우리와 다른 목소리를 가지고 있네요. 바깥에 계신 분이세요? 그런데 어떻게 우리의 소리를 들으세요? 밖에 계신 분들은 우리 소리를 듣지 못하던데요."

"너희들도 나의 말소리를 듣고 있는 거니? 나는 장수 할아버지란다."

"그럼요. 들을 수 있어요. 우리의 말을 들을 수 있는 장수 할아버지가 있어서 정말 기쁘네요."

신기하게도 태아들과 할아버지는 서로의 말을 알아들을 수 있게 된 것이었습니다.

그날부터 할아버지는 전혀 심심하지 않았습니다. 장수 할아버지는 자기에게 친구를 만들어준 커다란 귀를 만지면서 벙글벙글 웃었습니다.

"바깥세상은 어떤 곳인가요? 그곳은 여기보다 재미있나요?"

태아들은 진작부터 궁금했던 문제들을 할아버지에게 끊임없이 물어보았습니다.

"뱃속보다 훨씬 재미있지. 너희들이 있는 곳은 엄마의 뱃속이란다. 그곳에서 10개월간 살고 있다가 너희들은 이 세상에 태어나게 되지."

"뭐라고요? 우리도 바깥세상에 간단 말인가요?"

"너희들에게는 너희를 사랑하는 엄마와 아빠가 있단다. 그들이 너희들이 이 세상에서 커가면서 살아갈 수 있도록 도와준단다."

태아들과의 대화는 할아버지에게 많은 재미와 즐거움을 주었습니다.

할아버지는 태아들과의 대화 속에서 태아들의 신기한 세상을 알아가게 되었습니다. 태아들은 보통 자기의 부모에 대하여 말하기 좋아하였는데 그들은 산모의 기쁘거나 슬픈 감정을 그대로 같이 느끼기도 하였습니다. 할아버지를 통하여 태아들은 그들을 만져주고 사랑의 마음을 전해주는 사람들이 그들의 부모님이라는 것을 알게 되었습니다. 태아들은 신이 나서 서로 자기의 엄마 아빠를 자랑하기 시작하였습니다. 그들은 자기들이 살게 될 바깥세상을 궁금해 하기도 하였습니다. 하지만 태아들은 보건실에 있는 시간만 할아버지와 대화할 수 있었습니다. 산모가 보건실을 떠나면 태아들과 할아버지는 헤어질 수밖에 없었습니다. 다른 태아들이 산모 보건실에 들어서면 할아버지는 그들과도 똑같은 말을 되풀이하면서 일상을 즐겼습니다.

그러던 어느 하루 어떤 태아의 작고 불안한 목소리가 할아버지의 귀가에 들려왔습니다.

"요즘 나는 왜서인지 계속 불안한 느낌이 들었어. 그러다가 오늘은 아주 무서운 곳에 가게 되었는데 그곳에서 만난 태아들이 그곳은 태아를 죽이는 작은 수술실이라고 알려주었어. 거기에 있는 태아들은 모두 죽는 수술을 받으러 왔다고 했어. 태아들이 죽는 수술을 받으면서 지르는 비명소리를 들은 적이 있는 태아들이 말해주었어. 정말 무서워. 나는 곧 죽게 될 거야."

"죽는다는 것은 어떤 것이야?"

"아주 무서운 거야. 사라지는 거야."

옆에 있는 태아들이 야단법석이었습니다.

"우리 태아들에게는 우리를 사랑해 주는 부모가 있기 때문에 그런 일이 발생할 수 없어."

할아버지에게서 자기들에게 부모가 있음을 알게 된 태아들의 말이었습니다.

"나에게도 너희들이 말하는 그런 부모가 있어. 그래서 나도 항상 그들의 사랑만 받게 될 줄 알았어. 그런데 오늘 작은 수술실에 가본 후 그곳에 가는 태아들은 여기에 있는 태아들과 달리 죽을 준비를 한다는 것을 알게 되었어. 나는 다시 이곳에 올 기회가 없을 거야. 그곳에 두 번째로 갈 때는 죽는 수술을 하게 된단다. 정말 그곳에 다시 가고 싶지 않아. 나는 살고 싶어."

태아의 목소리는 두려움과 절망 속에서 떨리고 있었습니다.

의사선생님과 산모의 말소리를 통하여 할아버지는 지금 말하고 있는 태아의 산모는 유산을 결정하였으며 보건실에 두었던 자기의 물건을 가지러 잠깐 산모 보건실에 다녀왔음을 알게 되었습니다.

불쌍한 태아의 이름은 '에쿠'였습니다. 태아들은 평소에 자주 듣고 있는 말 중에 마음에 드는 단어를 골라서 자기의 이름으로 짓기도 한답니다. 그 말의 뜻이 무엇인지는 모르지만 말입니다.

장수 할아버지는 어쩐지 에쿠의 처지가 자기와 같다는 생각이 들었습니다. 장수 할아버지도 죽음을 앞에 둔 심정이 어떤 것인지를 느끼고 있기 때문이었습니다.

그때 한 태아가 말했습니다.

"장수 할아버지한테 부탁해 보자. 할아버지는 너의 부모님들께 너를 버리지 말아 달라고 말해줄 수 있을 거야."

태아들의 말을 들은 할아버지의 눈가에서 눈물이 주르륵 흘러내렸습니다.

"그래 내가 도와주마. 그런데 나는 지금 너의 엄마를 볼 수 없는 곳에 있단다. 우리 사이에는 큰 벽이 있고 나는 그쪽으로 건너갈 수 없단다."

그러나 에쿠는 할아버지의 말이 채 끝나기도 전에 가버렸습니다. 에쿠의 엄마가 자리를 떴기 때문이었습니다.

"에쿠야…"

할아버지는 에쿠를 부르면서 병실에서 뛰쳐나와 간신히 계단을 내려갔습니다. 보건실에서 엘리베이터를 타고 내려가는 에쿠의 엄마를 만나려면 빨리 계단을 내려서 산모 보건실 입구로 나가야 하기 때문이었습니다. 몸이 불편한 할아버지는 계단에서 넘어졌습니다. 하지만 에쿠를 살려야 한다는 생각 때문에 아픈 팔을 부여잡고 다시 일어났습니다. 온몸에 땀벌창이 된 할아버지는 겨우 산모 보건실 입구까지 내려왔습니다.

"에쿠야 너 어데 있니?"

할아버지는 큰 소리로 에쿠를 불렀습니다.

"할아버지 나 여기에 있어요."

다행히 에쿠의 엄마는 붐비는 사람들 때문에 이제 겨우 엘리베이터에서 내려서 입구로 걸어 나오고 있었습니다.

젊은 여인은 "에쿠 허리야…"하고 중얼거리면서 밖으로 나왔습니다.

여인의 머리는 헝클어졌으며 눈에는 피발이 어려있었고 배는 조금 불룩해 보였습니다.

"나는 당신의 뱃속에 있는 태아의 부탁으로 그 애의 말을 전해주려고 찾아왔습니다."

장수 할아버지는 그 여인의 앞을 가로막으면서 말했습니다.

에쿠는 할아버지의 소리를 듣고 기뻐하였습니다.

여인은 환자복을 입고 있는 할아버지를 훑어보더니 못마땅한 듯 가던 걸음을 재우치려고 하였습니다.

"내 말이 사실이라면 당신 뱃속 아이가 당신을 세 번 찰 거요."

할아버지가 다급히 말했습니다.

할아버지의 말을 들은 에쿠는 있는 힘을 다하여 엄마의 배를 세 번 찼습니다.

여인이 두 눈을 커다랗게 뜨고 놀란 듯이 할아버지를 바라보았습니다.

"당신의 아이는 살고 싶다오. 자기를 죽이는 수술을 하지 말아달라고 부탁하였소. 나의 말이 사실이라면 아이는 당신을 다섯 번 찰 거요."

에쿠는 있는 힘을 다하여 엄마의 배를 다섯 번 찼습니다. 여인은 배를 만지더니 눈물을 흘렸습니다.

할아버지의 얼굴에 있는 쪼글쪼글한 주름사이로 웃음이 피어올랐습니다.

병실에 돌아온 장수 할아버지를 보고 식구들과 의사는 할아버지가 치매에 걸렸다고 판단하였습니다. 그전에도 벽을 마주하고 앉아서 혼자서 말하는 장수 할아버지의 이상한 행동을 보았기 때문이었습니다. 그러나 장수 할아버지는 오해 같은 것이 두렵지 않았습니다. 에쿠가 무서운 수술실에 들어가지 않았으며 다시금 보건실에 다니고 있다는 사실을 알게 되었기 때문이었습니다.

그러나 장수 할아버지의 몸은 하루가 다르게 허약해져서 이제는 말조차 할 수 없게 되어서 중환자실로 옮겨지게 되었습니다. 그리고 어느 날 장수 할아버지는 더는 눈을 뜰 수 없게 되었습니다.

태아들이 엄마 뱃속을 떠나 미지의 세상에 태어나야 하듯이 장수 할아버지도 이 세상의 삶을 끝마쳤기 때문에 미지의 세상으로 떠난 것이었습니다. 장수 할아버지의 얼굴에는 평안한 미소가 어려있었습니다. 언제인가부터 이 세상을 떠난다는 것이 더는 두렵지 않았기 때문이었습니다.

◇ 동화 ◇

개미의 바다 구경

□ 정문준

　귀여운 개미 한 마리가 나뭇잎배를 타고 바다 구경을 떠났습니다. 물결은 조잘조잘 뱃노래를 부르고 찰랑찰랑 춤을 추면서 뱃길을 열어줍니다. 반날 해를 달려왔지만 바다로 흘러드는 강을 만나자면 아직 멀었습니다. 그런데 물기 머금은 습습한 바람이 헤살을 부립니다. 넘쳐서 철썩이는 물결은 나뭇잎배에 기어 올라와 개미를 당겨다가 물속에 빠뜨리려고 장난질하는 것 같았습니다. 놀라 맞은 나뭇잎배는 우왕좌왕거리며 얼혼을 앗기우고 있었습니다. 그게 재미난다고 시냇물은 기승을 부리면서 나뭇잎배를 자꾸만 집적거립니다. 잎꼭지를 쳐들고 하늘을 보던 나뭇잎배는 놀랐습니다.

　"개미야, 비구름이 몰려온다. 풍랑이 세질 것 같다. 빨리 여울가 부두에서 하룻밤 정박하자."

　개미는 여울 쪽으로 뱃머리를 돌렸습니다. 시냇물은 나뭇잎배를 쳐갈기고 있었고 개미는 삿대질로 물 흐름을 가로질러서 나뭇잎배를 저어갔습니다. 나뭇잎배를 여울가에 붙인 개미는 금세 어쩔 바를 모릅니다. 배를 정박 시키자고 하니 말뚝과 밧줄이 없었으니깐요. 개미는 두 앞발을 메가폰 모양으로 해서 소리소리 질렀습니다.

"거기 누가 없어요? 우릴 좀 도와주세요!"

태질하는 빗줄기를 헤치면서 숲 쪽에서 검은 그림자가 달려오는 것 같았습니다. 엄마 거미였습니다. 나뭇잎배를 정박하지 못 해 쩔쩔매는 개미를 알아보고 쐐기말뚝과 여러 오리의 거미줄로 꼬아 만든 밧줄을 등에 지고 나타난 것이었습니다. 너무 좋아서 개미는 저도 몰래 박수를 쳤습니다.

"와아! 고마워요. 거미엄마!…"

개미는 쐐기 말뚝을 손에 잡았고 엄마 거미는 거미 밧줄의 한끝을 풀면서 여울 물에 들어섰습니다. 톱날처럼 돋친 나뭇잎 변두리에 거미 밧줄을 걸어서 동여맨 뒤에 여울가로 올라선 엄마거미는 그만 웃음을 참을 수가 없었습니다. 쐐기 말뚝을 쥐고 어쩔 줄 모르는 개미를 알아보았던 것이랍니다.

"개미야, 망치가 없어 그러지?"

"그래요. 배가 떠나올 적에 쇠망치를 싣고 올 걸 그랬어요."

"망치를 싣고 오다니?! 그런 무거운 쇠붙이를 싣다가 배를 뒤집히고 넌 수중혼이 되고 싶어 그래? 흐흐흐흐…" 말을 잃은 개미는 뒷더수기만 긁적거렸어요. 엄마 거미는 발치에서 알맞춤한 조약돌을 하나 골라 쥐였습니다.

"이게 돌망치다. 쇠망치보다 못하지 않을 거다."

개미는 쐐기 말뚝을 땅에 세워 잡았고 엄마 거미는 윽! 하고 힘쓰는 소리 한 번에 돌망치를 내리쳤습니다. 쐐기는 여울가에 끄떡없는 말뚝으로 박혔지요.

"히히히히… 이런 때는 시냇가 조약돌도 쓸모가 있구만요."

저도 몰래 개미는 허구픈 웃음을 흘렸습니다.

"집문을 나서면 이런 원시적인 생활도 할 줄 알아야 살아갈 수 있는 거다."

개미가 벅차오른 감사의 마음을 어떻게 나타낼까 하고 궁리하고 있는 중에 엄마거미는 숲속으로 돌아갔습니다. 나뭇잎배에 오른 개미는 앞발 하나 손처럼 가슴에 붙이고 일어나서 시 한 수 읊었습니다.

　누가누가 거미모양 밉상이라 했니
　남을 돕는 그 마음 꽃보다도 아름답구나…

　해가 떠오릅니다. 흰 구름송이는 하늘가에 그린 듯이 멈춰 섰습니다. 바람결이 잦아들었습니다. 조잘거리던 시냇물 소리는 들리는 듯 마는 듯 가늘어졌고 사위는 낮잠에 빠진 듯이 고요합니다. 삿대질하는 개미는 땀벌창이 되었습니다. 온몸에서 맥이 풀리고 있었습니다. 아무리 삿대질해도 나뭇잎배는 그저 제자리 걸음질만 하는 것 같습니다.
　"엔진이 달린 뽀트가 있었으면 좋겠다!"
　개미는 사람들이 즐기는 뽀트놀이를 부럽게 본적이 있습니다. 나뭇잎배는 잎꼭지를 쳐들고 한술 떴습니다.
　"나의 등에 돛이라도 달렸으면 바다로 날아가겠다."
　"우리가 떠나올 때 어째 돛을 잊었을까?"
　"글쎄 말이다. 돛이 없으니 너의 삿대질도 곱절 힘이 들고…"
　이렇게 삿대질로 배를 저어간다면 한 달이 지나도 바다 구경은커녕 강물 구경도 할 것 같지 못 했습니다.
　개미는 울상이 되어 소리소리 질렀습니다.
　"거기 누가 없어요? 우릴 좀 도와주세요."
　날아가던 예쁜 새가 배에 돛이 없어서 애를 끓이는 개미네를 알아보았습니다. 거북이 걸음질을 하는 나뭇잎배도 보이였습니다. 그리고 개미가 부르짖는 소리도 똑똑히 들었지요. 먼 바다로 가는 개미네를 보고 그저 지나칠 수가 없다고 예쁜 새는 생각했습니다. 예쁜 새는 서슴지 않고 제 몸에서 함치르르 윤기 도는 깃털 하나 뽑아서 하늘에 띄웠습니다. 하늘하늘 내려온 깃털이 나뭇잎배에 사뿐 앉더니만 돛폭을 펼치는 게 아니겠어요. 개미는 꿈만 같아서 눈을 비비고 다시 봅니다. 나뭇잎배는 깜짝 사이에 돛배로 되었던 것입니다. 어느새 예쁜 새는 지저귐 한마디 떨구지 않고 구름 속으로 날아가고 있었습니다. 나뭇잎배에서 일어선 개미는 앞발 하나 손처럼 가슴에 붙이고 얼른 시 한수 읊어서 하늘에 날려 보냈습니다.

　깃털 뽑아 돛폭 펼친 고마운 새야
　너의 마음 꽃보다도 아름답구나…

　잔잔한 바람결에도 돛폭은 한껏 부풀어서 나뭇잎배를 밀어주고 있었습니다. 아예 삿대질을 멈춘 개미는 지그시 눈을 감고 꿈잠에 묻히고 싶어서 나뭇잎배에 누웠습니다. 그런 개미의 뱃속에서 꼬르륵하는 소리가 울리였고 잇따라 시장기가 온몸으로 몰아치는 게 아니겠어요. 시냇물 따라 삿대질해 온 하루 반날 사이에 한 끼도 먹지 못 했으니깐요. 배가 등 뒤에 가 붙어서 다시 일어날 맥도 없을 것 같았습니다. 개미는 돛폭을 날리며 잘도 가는 나뭇잎배를 보니 슬그머니 화가 났습니다.
　"너는 물만 먹고 사니깐 나를 몰라라 하는구나."
　"그럼 나처럼 물 좀 마셔 봐. 요기는 될 거야."
　"듣기만 해도 메스껍다. 아, 난 배고파 죽겠다!"
　개미는 금세 죽는 시늉을 하면서 소리소리 질렀습니다.
　그 소리에 화답하듯이 어디서 쓰르륵 철썩 쓰르륵 철썩하는 물소리가 들려왔어요. 개미가 문득 귓바퀴를 세웠습니다.
　"누가 떡쌀을 씻고 헹구는 소리가 들려오는 것 같다!"
　"그건 여울 물이 조약돌을 씻고 헹구는 소리야. 네 귀가 어째 잘못 된 게 아니야?"
　"떵떵 떡메질 소리도 나는 것 같은데!…"
　"멀리서 폭포수가 계곡으로 떨어지는 소리인 거야. 어째 넌 귀에도 허기증이 들었니?"
　바로 이때였습니다. 파란 옷차림으로 엄마 방아깨비가 숲속에서 껑충거리며 뛰어오고 있었습니다. 잔등엔 그릇 같은 걸 지고 말입니다. 방아깨비가 그릇 덮개를 열었습니다. 그러자 개미의 눈이 크게 놀라 맞았지요. 그것은 유별나게 입맛 돋구는 하얀 찰떡이었으니깐요.

"우린 찰떡을 치고 시루떡을 찌고 전을 부치면서 아기방아깨비의 생일을 챙기고 있는데 네가 배고파하는 소릴 들었다. 바삐 손을 써서 떡 중에서 제일 맛난 찰떡을 좀 가져왔다. 어서 먹어라. 먼 길을 가자면 찰떡보다 속이 든든한 밥은 없을 거야."

개미는 고맙다는 인사도 챙길 새 없이 떡을 우무려서 입에 넣었습니다. 배가 불쑥하게 나온 개미는 그제야 엄마 방아깨비에게 올리지 못 한 고맙다는 인사대신 시 한 수 제꺽 읊어드렸습니다.

방아깨비 엄마 떡은 사랑떡이야
꽃보다도 향기로운 사랑떡이야…

시냇물은 드디어 강물을 만났습니다. 여러 갈래 시냇물이 여기 강목에서 손을 잡고 바다로 흘러가고 있었습니다. 물결소리는 출렁출렁 높아졌고 그 모양새도 파도를 닮아 가고 있었습니다. 이제 강을 따라 가고 또 가면 푸른 바다가 나타날 것입니다. 강바람에 돛폭을 펼친 나뭇잎배는 날아가는 것만 같습니다. 거기에 개미의 삿대질이 보태져서 시위를 떠난 화살처럼 달려갑니다. 이렇게 하룻밤만 더 가면 바다에 닿을 수 있을 거예요. 개미는 가슴이 한껏 부풀었습니다. 그런 개미가 문득 놀라 맞았습니다. 저만치에서 강을 가로 막은 우중중한 천년바위가 두 눈을 뚝 부릅뜨고 천둥같이 소리치는 게 아니겠어요.

"나에게 다가서면 나뭇잎배를 산산조각 내줄 테다! 죄꼬만 개미놈은 콩가루로 날려 보낼 테다!"

개미의 가슴은 콩닥콩닥 뛰었습니다. 온몸이 사시나무 떨듯 했습니다. 나뭇잎배도 얼굴이 새파랗게 질렸지요.

"개미야. 우리가 이곳 강물에 잘못 들어섰구나. 되돌아서 다른 물길을 찾자."

"안 돼! 여기까지 왔는데 이제 돌아설 수는 없어. 천년바위를 무찌르고 나가야 돼."

야릇한 힘이 개미의 온몸에 솟구쳐 올랐습니다. 그것은 엄마방아깨비가 가져온 사랑떡 힘만이 아니었습니다. 깃털을 돛폭이 되도록 띄워 보낸 예쁜 새의 고운 마음도 힘을 더해 주었구요, 여울가에 나뭇잎배를 정박 시켜준 엄마 거미의 지성어린 도움도 큰 힘을 보태 주었던 것입니다. 그러나 개미는 마음 한구석에 스멀스멀 괴어오르는 겁기를 아주 감출 수는 없었습니다. 천년바위에 부딪쳐서 끝장이 나면 바다 구경은 둘째 치고 엄마와 형제들이 사는 고향으로 돌아갈 수가 없으니깐요. 개미는 나뭇잎배에 주저앉아 울음을 떨구었습니다. 바로 이때였습니다.

"울지 말고 정신 차려라. 우리가 있잖아."

미꾸라지들이 헤엄쳐와 나뭇잎배를 둘러싸고 밀고 당기면서 바위쪽으로 움직여 가고 있는 게 아니겠어요. 앞장선 큰 미꾸라지가 입을 봉긋이 내밀고 경종을 울렸어요.

"천년바위 다리사이엔 비좁은 구멍이 있다. 우린 그 구멍으로 빠져 나가야 해. 칼 같은 바위너설에 몸이 상하지 않도록 주의할 것이다!"

미꾸라지들은 천년바위의 다리 천정에 흰 돛이 걸릴까봐 눕혀 놓으며 나뭇잎배를 꽃가마처럼 받들고 조심히 헤엄쳐 갑니다. 그리고 개미가 떨어지지 않도록 잔등을 붙잡아 주었고 비좁은 바위 천정과 다리 벽에 붙은 날선 너설에 개미 몸이 다치지 않도록 요리 조리로 헤엄쳐 나갔습니다. 미꾸라지들의 간난신고 끝에 나뭇잎배는 드디어 천년바위를 빠져나왔습니다. 개미와 나뭇잎배는 아무 탈도 없었지만 미꾸라지들은 바위 너설에 찢기고 긁혀서 물처럼 부드러운 몸에 핏빛이 돋쳤습니다.

두 앞발을 모아 쥔 개미는 어쩔 줄 몰라 했습니다.

"정말 고맙다! 미꾸라지들아. 그런데 너희들 몸의 그 상처를 어쩔까?! 약이 없어서…"

"근심 마. 깨끗한 시냇물에 씻고 헹구면 우리의 몸에 인차 새살이 돋는 거야. 그럼 다시 만나자. 안녕!"

미꾸라지들은 꼬리를 흔들어 인사를 남기고 강을 거슬러서 시냇물을 찾아 헤엄쳐 가고 있었습니다. 그들을 바라보는 개미는 나뭇잎배에서 일어서더니 앞발 하나 손처럼 가슴에 붙이고 시 한 수 소리

내여 읊었습니다.

　미꾸라지 매끄럽다고 누가 말했니
　그 마음은 꽃보다도 아름답구나…

　저녁 어스름이 강물 위에 내려서 깔리고 있었습니다. 구름은 둥근
달을 가렸고 헤아릴 수가 없는 별빛들이 한 가닥 새어 나올세라 검
은 자락으로 부둥켜안은 듯이 숨이 막힙니다. 앞이 잘 보이지 않는
뱃길에서 개미는 빛의 그리움을 느끼기 시작했습니다. 하루빨리 바
다의 해돋이를 마중하려는 개미와 나뭇잎배는 밤잠을 잃었습니다.
　잇따라 개미는 어둠처럼 몰려드는 겁기를 느끼고 있었습니다.
　"나뭇잎배야. 난 이 밤이 어쩐지 무섭다."
　"나도 그래. 배고픔보다 더 큰 배고픔은 빛을 바라는 마음일
거야."
　그들의 온몸은 빛에 쏠린 갈망으로 타 번졌습니다. 뱃길은 갈수록
캄캄해지고 있습니다. 나뭇잎배는 티끌만한 빛도 없는 밤물결을 타
고 아주 허기진 듯이 허둥거립니다. 그때마다 배와 함께 물속으로
뒤번져질 것 같은 느낌에 개미는 온몸을 덜덜 떨었습니다.
　"나뭇잎배야. 밤물결이 귀신춤을 추는 것 같지? 밤물결소린 꼭
마치 귀신울음소리 같구."
　"애두 참! 넌 어째 그런 방정맞은 소릴 하니… 귀신 말을 하면
진짜귀신이 나온단다…"
　그 소리에 와락 공포에 질린 개미는 두 앞발로 눈을 가리고 "엄
마야! 난 물귀신이 무섭다!" 하고 울음을 터뜨리는 것이었습니다.
이때였습니다. 나뭇잎배 잎꼭지에 밝은 빛 몇 점이 날아와 앉는 게
아니겠어요.
　"야! 불빛이다!"
　울음을 뚝 그친 개미는 저도 몰래 박수를 쳤어요.
　"야! 고마운 불빛이다!"
　나뭇잎배도 잎꼭지로 환음을 질렀습니다.
　개미가 말했습니다.

"하늘에서 별찌가 날아온 것 같다."

나뭇잎배도 짜장 아는 척 했습니다.

"구름 속 달님이 사랑의 큰마음을 보내준 거야."

귀여운 빛들은 날갯짓로 불씨를 꽃처럼 피우고 있었습니다. 다시 보니 그것은 반딧불이었습니다.

개미가 소리쳤습니다.

"우와! 빛의 천사 반딧불이다!"

나뭇잎배도 파란 몸을 들썩이었습니다.

"맞다! 희망의 반딧불이다!"

개미와 나뭇잎배가 떠들자 반딧불들은 빛을 번쩍이며 말합니다.

"우리를 너무 취올리지 마. 칠흑 같은 밤에 너희들이 강물을 타고 가는 게 얼마나 위험하니. 그래서 찾아온 것뿐인데 뭐. 지금은 서로 도와가며 살아가는 세상이잖아. 너희도 우리를 도울 때가 있을 거야."

"정말 고맙다. 반딧불들아!"

우린 너희들을 잊지 않을 거야…"

개미와 나뭇잎배는 겨끔내기로 말했습니다. 그 쬐고만 반딧불들은 온몸으로 황홀한 빛을 뿜어주고 있었습니다. 눈앞에서 밤물결은 금빛으로 춤을 추고 있었습니다. 삿대를 잡은 개미는 성수가 났습니다. 나뭇잎배는 신바람이 나서 내달렸고 개미는 톤을 높인 목청으로 시 한 수 읊었습니다.

온몸 불태워서 배길 밝힌 반딧불들아
너희들의 마음은 새별처럼 아름답구나…

눈앞에 바다가 펼쳐졌습니다. 온 세상을 깨우면서 붉은 해가 떠오릅니다. 바다는 푸른 가슴을 활짝 열었고 흰 파도는 산처럼 일어나 박수를 치면서 헤아릴 수 없는 생령들의 위대한 탄생을 외칩니다. 고래가 춤을 추면서 분수마냥 물을 뿜어 올리고 갈매기들이 날아와 개미네의 길잡이를 나섰습니다. 한 발이 바다에 빠진 줄도 모르고 아침해가 비낀 등대는 렌즈 불을 반짝거리며 사진을 찍기에 드바쁩니다. 개미는 앞가슴을 쑥 내밀고 나뭇잎배에 우뚝 일어섰습니다. 벅찬 감격으로 엮은 시 한 수 목청껏 읊었습니다.

아! 해 뜨는 바다야! 너는야
천만송이 꽃보다도 아름답구나…

잇달아 나뭇잎배도 잎꼭지를 열고서 개미와 함께 아래 구절을 힘찬 목청으로 읊었습니다.

서로 돕고 살아가는 이 세상도
천만송이 꽃보다 아름다워라!…

강효삼 동시 한바구니

호박꽃

한번 불 밝히면
비가 와도 바람 불어도
꺼지지 않는 노란 등불

기름 한 방울 안 드는
환한 등불 밤낮으로 켜놓고
호박꽃은 무얼 하나?

길게 뻗은 호박 넌출이
어두운 숲속을 더듬을 때
어두워서 길 못 찾을까봐
불 켜들고 길잡이 해요

새가 나는 하늘의 길

하늘엔 길이 따로 없다

하늘의 길은 새들의 나래 밑에 있고
새들은 길을 제 배 밑에 그으며 다닌다

새 길을 만들며 넓히며
자신들이 지나간 후
잽싸게 그 길 지워버린다

그 길 지우지 않으면
무수한 하늘의 길들이
실타래처럼 엉키여
누구나 마음대로 가고 싶은 길
가지 못하기 때문이란다

혼자만 걸을 길 아니고
여럿이 함께 걷는 길 되기 위해
자신이 만든 길 지우고 가는
작은 새들의 나래 밑에서
하늘길은 부단히 그어지고 지워지면서
새롭게 탄생한다

하늘에 길이 따로 없다
새가 길이고 하늘이 모두 길이다.

빨간 눈물

기다리다 못 해 미쳐 익지도 않는 앵두를
살 아프게 뜯어 입안에 쑤셔 넣던
꼬마 '도둑'들은

다 어디로 갔나?

기다림 지치다 못해
외로움 견디다 못해
발갛게 익은 앵두들
땅바닥에 뚜―뚝

내게는 저게 앵두가 아니라
눈물로 보이네요
그래요 시골집 뜰안에
잘 익은 **빨간** 앵두는
찾아와 반기는 애들 없어
주룩주룩 흘리는 **빨간** 눈물이래요

다이어트 해요

가을이 되어 나무가 잎을 모조리 떨구는 것은
여름날 뚱뚱해진 제 몸을 줄이기 위한 거죠
발목이 푹푹 **빠지는** 겨울
눈길을 홀가분히 걸어가자면
몸이 가벼워야 하기에

하늘의 구름도 다이어트 해요
눈과 비가 구름에서 내리는 것은
구름이 제 몸을 줄이는 것이래요
몸이 너무 뚱뚱해지면
땅바닥에 곤두 박힐까봐

눈

눈은 포근한 이불
알몸으로 누워있는
산과 들판에
따뜻한 솜이불 되어주지

눈은 깨끗한 손수건
가을걷이 하느라
땀 배인 몸뚱이
깨끗이 시원히 닦아주지

눈은 하얀 종잇장
지난해 썼던 글은 다 지우고
새 글을 쓰라고
하얀 백지 되어주지

별

대왕 오징어 한 마리
새까만 먹물을 확 내뿜으니
저 넓은 하늘이
금시 까맣게 되었네
그러자 어디서 나타났나?
숱한 멸치새끼들
제 세상 만났다고
반짝반짝

떡 <파>는 멍멍이

떡장사 엄마 따라
시장가는 멍멍이
맛있는 떡 왔으니
어서 와 사가라고 멍멍멍

사람들 몰려오면
좋아서 깡충깡충
그러다가도 손님이 없으면
그도 시무룩
때로는 안타까워 빙빙

순식간에 다 팔고 돌아올 땐
밀차 따라 퐁퐁 뛰면서
엄마의 떡장사에 저도 한 몫 한다고
깡충깡충 춤까지 추지요

바다의 개구쟁이 (외 5수)

□ 김동진

파도는 바다의 개구쟁이
잠자는 시간을 빼고는
한시도 가만있지 못 한다

바다의 푸른 등을 타고서
하얀 갈기를 날리며
백사장에 뒹굴기도 하고
바위에 부딪쳐
뒤로 자빠지기도 한다

그러다가 심술이 나면
그물 치는 어선을 뒤집어놓고
지나가는 윤선도 뒤집는다

파도라는 개구쟁이의
장난과 심술은
도저히 말려낼 수가 없다
나이를 얼마나 더 먹어야
셈이 날지 모르겠다

가시옷

밤송이도
고슴도치처럼
가시옷을 입고요

성게도
고슴도치처럼
가시옷을 입지요

동물도 식물도
자아보호의식은
누구나 다 있지요

할아버지의 동년

발가숭이의 물장구는
촐랑대는 개울물이 실어가고
손목이 빠지게 못 치기를 하여
한 뼘 두 뼘 일군 비옥한 땅은
서산 노을이 먹어버렸다고 합니다

키를 쓰고 소금 빌던 짜개바지는
어느 새벽 몰카 속에 박제되고
나이를 한 살 속인 철부지는
할머니 등에 업혀 학교를 갔답니다

무릎이 나간 바지를 입고
동네방네를 쏘다니던 더벅머리
분명 저기 저 풀밭에 있었는데
어데로 갔는지 모르겠다 하시니
아마도 장난에 정신을 파는 사이
지나가는 세월이 삼켰나 봅니다

물소리

똑
똑
똑…
고장난 수도꼭지에서
물이 노크하는 소리

물이 샌다고
빨리 수리하라고
똑
똑
똑…

가을이 익으면

가을이 익으면
노랗게 익은 벼메뚜기도

좋다고 퐁퐁 뜀박질하고

가을이 익으면
빨갛게 익은 고추잠자리도
좋다고 동동 하늘에 뜬다

배꽃눈

겨울하늘이
구름바위를 가루 내어
꽃잎 만드는 날이면
산에 들에 송이송이
하얀 배꽃눈이 내려요

배꽃눈이 내리어
송이송이 내리어
세상을 하얗게 단장시키면
펼쳐지는 눈부신 풍경 속에
평화의 종소리 들려옵니다

배꽃눈이 내리어
평화로운 날은
온 동네 개구쟁이들
뛰어나와 손뼉 치는 날

동년의 웃음이
하얗게 뒹구는 마당에서
강아지 꼬리도 춤을 춥니다

그 품이 제일 좋아요 (외 3수)

□ 한동해

배고플 땐 꼴깍각꼴깍
달콤한 젖을 주셨고요
추울 땐 아름아름
한가슴에 안아주시는

아, 따사로운 어머니의 품
나는요 그 품이 제일 좋아요

노래로 챙 ―챙
맑은 목 틔워주고요
달리기로 오동통
탄탄한 몸 키워주시는

아, 자애로운 선생님의 품
나는요 그 품이 제일 좋아요

백화를 방실방실
향기롭게 피워주고요
애솔을 푸르청청

기둥으로 키워가는
아, 넓고넓은 내 나라의 품
나는요 그 품이 제일 좋아요

과수원 오두막

우리 마을
뒷동산 과수원에는
꽃바다의 꽃배런가
오두막 있어요

봄이면
꽃을 솎는 누나들
쉴 참이면 꽃배에 모여앉아
호호하하 웃음꽃 피워요

우리 마을
뒷동산 과수원에는
햇빛 웃는 작은 퇴창
오두막 있어요

가을이면
과일 따는 어줌마들
쉴 참이면 풍년기쁨 나누면서
히히하하 웃음꽃 피워요

어화야 우리 마을 과수원의 오두막

행복의 웃음꽃 피어나는 요람이래요

가을

맑은 하늘
높아 가는
가을이 와요

남쪽 가는
기러기떼 날개바람에
한여름 비구름도
날려 갔나봐

맑은 강물
흘러가는
가을이 와요

서늘바람
채질하여 씻어 냈을까
쪽빛하늘 거울 속에
비끼었나봐

색동옷
떨쳐입은
가을이 와요

산은야
빨간 저고리 곱게 입고요

들은야
노란 치마 받쳐 입었네

성에꽃

한밤 새로 칼바람이 쓰다듬더니
유리창에 성에꽃이 곱게 폈어요
진달래 꽃가지는 떨기떨기
매화꽃 꽃무늬도 아롱다롱

야야야 곱게 피여라 성에꽃아
행복한 우리 집 수를 놓았죠

아침 해님 웃기 전에 일찍 일어나
나는야 손톱박아 그림 그렸요
비둘기는 높이 날아 훨―훨훨
인조위성 별나라로 씽―씽씽

야야야 곱게 피여라 성에꽃아
희망찬 우리 이상 새겨보아요

똑같애 (외 4수)

□ 김득만

지구촌 갓난이들
피부색은 서로 달라도
응아응아…
울음소리만은 하나같이
모두 다 똑같애!

지구촌 아이들
하는 말은 서로 달라도
캬득캬득…
웃음소리만은 하나같이
모두 다 똑같애

숨은 합창단

합창단
성원들은

죄다
툭
불거진
눈에

귀밑까지
째진
큰 입

못난 모습
하도나
부끄러워

무대 없이
늪가에
숨어서

합창하나봐
개굴개굴
개굴개굴…

동전 다섯 잎

하학길
호주머니에
고사리같은 손
쏙 넣었다

십전짜리
동전
다섯 잎
꼼지락 꼼지락

단층 셋집
문고릴
답싹
잡을 때까지
동전 다섯 잎
그냥
꼼지락 꼼지락

꼴 하나밖에

고층빌딩은
키꺽다리
농구선수들

드넓은 하늘 농구장에서
해님 농구공
넘기기만 하고

슛
안하더니

서산너머 그 큰
그물에다

진종일 꼴 하나밖에
못 넣었나봐

고드름

두메골
초가집

처마끝에
매
달
린

하아얀
고
드
름

겨울할배
두고 간

하아얀
지팽이

화가 (외 3수)

□ 최화길

잔디는 뾰족뾰족
파란 색을 올리고
씀바귀는 화알짝
노란색을 칠해요

시냇물은 촐랑촐랑
하늘색 비껴 담고
제비는 다문다문
까만 점 찍어요

알락달락 고운 그림
봄이 그린 수채화
바람에 실리면 향기이고요
마음에 새기면 희망이래요

할머니

머리엔
하얀 구름 이셨어도
마음엔
파란 호수 담았댔어요

봄을 맞아 푸르른
비술나무 보면
나를 제일 고와하던
할머니가 떠올라요

오늘도 내 곁에
고이 앉아 계시는 듯
언제나 상냥하던
그이 보고 싶어요

제비

한겨울이 춥다고
강남 가던 그때는
애들까지 거느리고
다시 보지 않을 듯
얼음처럼 차더니

따뜻한 봄이 오니

누가 부르는 듯
달려오는 제비야
얄밉다고 말할까?
정답다고 말할까?
이상한 것은 강남에서
보고 들은 이야기
지지배배 지배배
귀찮게 떠들어도
참새마저 넋 놓고 들어요.

별

한낮에는 깜깜
보이지 않더니
칠야에는 오글오글
반짝이는 빛발
누가누가 주었지?

해님은 방실
달님은 벙실
성급한 냇물이
들려준 대답
어둠과의 박투래요

봄꿈은 동심이어라

□ 홍순범

봄날 익어가는 정원에
개구쟁이 친구들

꽃잎위에 내려앉은
꿀벌한테로
살금살금 다가섰다네

부웅 부웅…
놀라서 달아나는
아기꿀벌들

꿀벌 따라 점점 더 깊이
꽃밭 속에로
빨려드는 친구들

꽃웃음 몸에 가득 바르고
까르르 웃으며
동년이 달려나오네

기적소리 (외 4수)

□ 황희숙

바람은
도깨비들 싣고
뿡―

잠수함은
비밀 탐구하며
뿡―

두더지는
보물 찾고
뿡―

소나무

온몸에
옹기종기

여드름 돋아
싯누렇게 곪는다

빨간 꽁지 비행사
왱 ― 왱
입 쩝쩝 다시고

그물에 갇힌
바윗돌은
한숨을 폴폴

석탑

한 발자국 걷고
하늘 보고
또 한 발자국 걷고
열 손가락 땅에 뽀뽀한다

비바람은
어루만져주며
얼음망치로 백회를 살짝
두드려도 보고

검은 곰
짝사랑에 가슴 뜯는다

나팔꽃

한번도 띠띠따따
소리 내지 못 하니

낮이면 부끄러워
고개 숙이고

동틀 녘이면
가만히
나팔 부는 연습하네

병아리

노오란 털실뭉치
대굴대굴 굴러가며
삐약 삐약

노오란 탁구공
톡톡톡 튀며
삐약 삐약

노오란 꽃송이
한들한들 춤추며
삐약 삐약

동년 (외 6수)

□ 윤옥자

풀밭에 누웠다
매지구름 한 송이 동동 떠간다
빠르게 직하 하더니
내 손을 덥석 잡고 하늘에 올랐다

둘은 짝꿍이 되어
하늘을 날고 날았다

밤이 되자
별 애들이 하나 둘 모이기 시작했다
손님을 본 그 애들은 잘랑잘랑 소리로
"너희들 어데서 왔니?"라고 하며
반갑게 인사했다
"나는 지구의 하늘에서 사는
작은 구름이야"
"나는 녹색 지구에서 사는 사람이란다 "
"사람"별애들은 처음 듣는 이름 다시 불러보며
짝짜그르 박수치며 환성 올렸다

노을

비암산 능선 마루에
모닥불 이글이글
감자, 옥수수, 바위, 구름이 익어간다

너도 한 입 나도 한 입
숯검댕이 묻은 입
하얀 이빨이 썩뚝썩뚝
맛있게 먹는다

꼬불딱

초록벌레 한 마리
길을 건너요
쉬지도 않고
꼬불딱 꼬불딱

집 가는 길을 잊은 건지
아니면 세계여행 떠난 건지
말없이 꼬불딱 꼬불딱

바퀴가 굴러오면
치일까 걱정되는 마음
더 빨리 달려라 꼬불딱 꼬불딱

재봉기

몸에 달린 귀 하나에
줄을 걸고 달려요
달달달 퐁당퐁당
숨차게 달리면
예쁜 여름옷 멋진 겨울옷
만들어 간대요

눈

여름 해님 안아간 것들
이슬로 구울던
풀밭이 그리워
수만 개의 날개 달고
사뿐히 내린다

모두 잠 들었구나
그래, 하얀 이불로
한겨울 너희들을
품어주마

그리움

모깃불 쑥향 연기
엄마 냄새 불러오는
가을밤 우리 집

돈이 얄미운 이 저녁
엄마 찾는 귀뚜라미
아우성에

나도 함께 속으로 운다

초승달

가을밤이 하늘문 열면
별 애들
하나 둘 무리지어
우주를 돌린다
윙윙 돌아가는 속도에
미끄러진 애들이
별찌로 떨어질 때

은하수에 뜬
쪽배 한척이
재빨리 건져 담는다

봄비 (외 4수)

□ 리순희

띠띠따따
기상나팔 불면

흙이불 제치며
연두빛 손 저으며
가로수 가로수
아침인사 건넨다

힘찬 나팔소리에
산도 우쭐 들도 우쭐

푸름이 씩씩하게
행진하는 소리

애고사리

비좁은 동굴 헤쳐 나오며

허리 꼬부라진 애고사리

푹 떨군 고갯짓에
콩닥콩닥
심장 뛰는 소리

꽃바람이 살살
어깨 다독이고
봄비가 목 축이어주면

짙어만 가는
아, 파란 숨결…

구름

해와 달네 집에
마실 다니는 이웃

자취 없이 오갈 땐
투명한 망사

모락모락 피어날 땐
남극 바다에 뜬 빙산

까만 옷 차려입을 땐
우중충한 바위산

다리

밤새 내린
함박눈
하얀 바다 펼쳤습니다
가없이 넓은 눈바다

쓰윽쓱
사르륵 사르륵
삽과 빗자루로
다리를 놓으시는 아빠

그 다리 위에
깔락뜀 깡충깡충
웃음소리 대굴대굴

가을나무

백양나무에서
노란 나비 나풀나풀

단풍나무에서
노을 조각 화르르

소나무에서
고슴도치 날창 들고
씨앗주머니 지킨다

매화꽃 (외 2수)

□ 신현희

살금살금 내려오는
꽃바람 소녀

살랑살랑 봄비 싣고
길을 재촉한다

하나 둘 앞다투어 터뜨리는
꽃망울의 화사한 반란

이슬 톡톡 털며
향기 잡고 일어난다

낮잠

햇살이 창문에 스며들어
아기 얼굴 훔쳐본다

하얀 볼은 쓰담쓰담
귓방울은 간질간질

산타의 선물

선생님 말씀 하셨어
크리스마스에는
산타 할아버지가
집집마다 선물을 주고 가신대

아, 나에게도 선물이...
그날 밤 자지 않고 기다렸다

그 이튿날에도
산타 할아버지는 오지 않았다

하얀 함박눈만 펑펑 창문을 두드렸다
하얗게 날 보고 웃어주는
겨울의 미소

그게 바로 선물임을, 나는
그제야 알았다.

잎새 (외 7수)

□ 김소연

포르릉 날아갔다가
포르릉 날아오는
잎새들도 새는 새이죠

참새처럼 머리 깃 펴고
언덕 넘으며
포릉포릉 랄랄라 노래 부르는

잎새도 참새처럼
똑같은 새…

단풍

노랑 저고리
빨간 치마

빙그르르
사뿐

가을이 춤추며
날아 내린다

사랑

브라자 입은 염소 엄마
걸음마다 부푼 가슴
출렁거린다

매애~ 매애~
난 젖만 먹을래~

종달음 쳐 따르다가
엄마 가슴 떠받는 앙탈

매애~ 매애~
아기도 울고 엄마도 울고

얘야, 말 들어
풀 많이 먹어야 키도 크고
몸도 튼튼, 그렇게 된단다

매애~ 매애~
봄 푸른 들판에 엄마 염소
그리고 아기 염소

아기자기 사랑이
꽃으로 피어났어요

빨간 꽈리

푸른 여름 잎새에
살짝 숨은
꽈리의 모습

톡 다쳐도 돼?
살짝
입술도 대보고 싶어…

바람녀석 다가와
휘파람 불자

어마나 어마나
빨갛게 얼굴 붉히는
꽈리의 수줍음

미꾸라지

즐거운 소풍에
엄마가 한눈파는 사이

꼬마가 냇가에서 덥석!

온몸에 기름 바른
미꾸라지 한 마리
손가락 틈새로 빠져나갔다

찰방! 살았다...
엉킨 물풀 사이로 사라지는
미꾸라지 한 마리

미끌미끌~
진액 묻은 손 바지에 닦으며
가만히
엄마를 훔쳐봤다

개구쟁이

누구 것이 멀리 가나
돌멩이 차기...
아, 어느새 해 넘어 갔구나.

그런데 이를 어쩌지..
이마까진 운동화 사이로
고개 내민 알감자

아, 이를 어쩌지...
꾸지람에 소문난 할머니
굽은 허리 언뜰거린다

시골의 가을 하늘

은하수에 미역 감는
별아이들 눈빛이
밤하늘에 보석으로 빛납니다

여기서 반짝
저기서 반짝

곁에서 눈썹 고운
쪼각달 엄마
노랗게 미소 짓습니다

기다림

나뭇가지에도 밤이
촘촘히 걸렸어요

귀여운 아가들 돌아오지 않아
슬픔 찢는 어미새
가슴 아픈 메아리

개구쟁이 돌팔매에
나래 꺾어졌다는 동네방네
뜬 이야기들이

근심 가득 시름 가득

어둠 안고 다가섭니다.

어미새 어미새
슬픈 울음에, 산 그림자가 엉기적
또 엉기적...

아기새 언제 오나
내다봅니다

조혜선 동시 한 묶음

파아란 새 옷 입고
흙장난하다가

버드나무 머리태 잡고
그네 뛰다가

노랑 빨강 하얀 아기꽃
향 훔쳐다 널어놓다가

느티나무 할아버지
수염 끝에 매달려
풀피리 불다가

동장군 나타나면
하얗게 질려

동네방네 골목길로 쫓겨 다니는
못 말리는 꾸러기

하늘 1

널직하고
바람 잘 통하는
세집

낮이면 해님이
일세를 냈나
구을고 뛰놀며 땀투성이

밤이면 달님이
월세를 냈나
별 아기들 잠재우며 깜빡깜빡

장난꾸러기 구름은
아, 전세를 냈나 봐
밤낮없이 바람 따라 들락날락

하늘 2

오전에는
하얀 이불 빨래
펄럭펄럭

오후에는
먼지 청결

물청소 주룩주룩

쉴 새 없는
하늘 엄마 걱정되어
바람 아기 모여들어
부채질 살랑살랑

버섯

빗방울 밤새도록
두드려 댔더니

누구세요?
노오란 삿갓 쓰고
오똑~

머리 내민 개암나무 동네
이쁜 여자애

폐교

철이랑
순희랑 없는
교정에

찬바람이 썰렁썰렁

대문짝엔
녹 쓴 자물쇠
입 다문 지 오래네

발길이
끊긴
심심한 운동장

꽃도 풀도
지들끼리
웃다 지고

글소리
노랫소리
떠난 곳에

풀벌레 소리만
쓰르람 쓰르람…

가을비

천둥도
번개도
잠들었어요

별들도

곤해서
졸고 있어요

지줄지줄
주절주절

구름 할머니
못 다한 이야기

이 밤이
다 가면
다시 못 할가봐

밤새도록 지줄지줄
주절주절…

파도

바다가 움찔
일어서려고 해요

몸 낮추고
오냐 오냐
다 받아주더니

새파랗게
화났나 봐요

엉덩이 들이미는
오물 때문에
숨 쉴 수도
눈 뜰 수도 없었나 봐요

아기는 화가

해님인 듯 달님인 듯
둥글게 둥글게
아빠도 엄마도
그 안에서 웃어요

산인 듯 강인 듯
구불게 구불게
고기도 새도
그 속에서 뛰놀아요

시작도 끝도 없고
색깔도 모양도 엉뚱한
아기가 그리는 그림

우쭐우쭐
삐뚤삐뚤

아무것도 아닌 듯
아무거나 되는 듯

도와주다 (외 4수)

□ 강 려

혼자 까까머리 된
백혈병 걸린
이슬어깨
팔 얹으며

민들레가
박박 깎은 머리 쳐들고
해해해

발 헛딛어
찰방 물에 빠진
솔바람

해님 누나 내민
햇살 잡고
솔솔
냇가에 기어 나온다

줄자(卷尺)

도르르
햇살 풀어 너비 재는
해님

강아지풀
움츠린 어깨
쪽 폅니다

실비 두르며
바람이
둘레 잽니다

가만히
허리 동그랗게
공기 쬐끔 **빼**는
이슬풍선

늦봄

늦을까봐
하늘하늘 햇살 잡고
앗싸
꽃잎이 냇물 건너뛴다

뒤서질까 봐
외다리 실비의 어깨에
솔바람 팔 얹으며
같이 가!

초록 숨 할딱이며 지각할까 봐
달음박질하는 5월

해님과 실비

도르르
해살 풀어 너비 재는
해님

강아지풀
움츠린 어깨
쪽 폅니다

실비(雨) 살랑 두르며
바람이
둘레 잽니다

가만히
허리 동그랗게
공기 쬐끔 빼는
이슬풍선

미안해

아뿔싸
나비의 발등 밟아놓고
귀 붉히는 햇살

발에 걸려 넘어진 이슬 보고
미안해
꽃망울 볼이 익는다

바다 (외 4수)

☐ 김봉순

저런~
패션쇼 벌어졌나봐

파란 치마저고리 입고
사뿐 걸어 나와 부채 펼친
잔디아씨

귤색 원피스 입고 발레 추는
나리꽃배우

빨간 꼬리 흔들며
인어공주 자세 취하는
단풍잎가수…

출렁이는 바다무대
그 위에서

패션쇼 패션쇼
한창이구나

지도

강들이 강들이
하얀 머리카락 선으로
땅위에 지도 그리고

오솔길 오솔길들이
빨간 몸뚱이로
우불구불
산위에 지도 그리고

그런데 아하~
재미있구나

왕거미 꽁무니에서도
하얀 실, 실실실…

나뭇가지 사이에
얼기설기
그물지도 그리는구나

첫눈

가지마다 송이송이
새하얀 즐거움
햇살의 **뽀뽀**에 활짝 폈구나

바람이 다가와 사랑살랑
흔들어주니
옹이 뒤에 숨어서
살며시 내다보는 꽃

마을 앞 등산길
야단났구나

한겨울에도 배꽃향기
솔솔 기어오르고

나비들도 팔랑팔랑
뒤를 따르고

찰칵!

호수는
파란 운동장에서
노란 공 몰고 다니는
축구 선수를 찰칵!

섬은
바다 흰 갈기 타고
공중으로 날아오르는
갈매기를 찰칵!

옹달샘은
숲속에서 깡충 뛰어와

거울에 입 맞춰보는
꽃사슴을 찰칵!

빗방울

둥기당당 둥둥
파란 북 울리며 내려와
산에산에 나뭇잎마다
파란 방울신 신겨주고
들에들에 꽃송이마다
빨간 구슬 목걸이 걸어주고

어, 또 어디로 가지?
저기 저 넓은 바다로

바다 지켜 우뚝우뚝
서있는 바위마다
구슬모자 씌워주고 있네

올챙이 계절에 (외 1수)

□ 정두민

할머니 준
사탕을 입에 넣었다
달디단 맛의 거리는
연줄이
맑은 하늘에 닿는 길이

깡충깡충 장난꾸러기
신나는 숨소리
고무풍선 속에 팽창되어
탁! 터지면

깔깔깔
즐거운 파편의 웃음소리는
무지개색깔 품에 안긴 채
앵두꽃 향기에 실려 동동…

개나리 진달래꽃
서로 제가 이쁘다고
티격태격

손자의 자화상

얼굴판
불규칙적인 동그라미
동공 없는 두 눈동자
이마에 삐뚤게 박히고
눈썹 없는 양미간에
숨구멍 없는 코가 꽂혀있다

타원형 입술은
턱 대신 자리 잡고
양 볼엔 두 귀가
비대칭으로 달랑…

목덜미에서 깜짝 솟아난
팔 하나 굴절되고
옆구리에서 불쑥 튕겨 나온 두 다리는
절단된 발목으로 굳어 있다

아기인형
물개박수 짝짝짝

봄과 씨앗 (외 7수)

□ 신정국

봄바람 불어오면
단꿈 꾸는 씨앗
그 씨앗들 잠꼬대 소리에는
꽃들의 웃음소리
열매 주렁지는 소리 들려옵니다

봄비가 보슬보슬 내리면
꿈에서 깨어나는 씨앗
그 씨앗들 다투어 깨는 소리에는
곡식들 커가는 소리
과일이 익어가는 소리 들려옵니다

봄볕이 따사로우면
꿈에서 깬 씨앗
그 씨앗들 날갯짓 소리에는
칠색 빛깔 어울려
빨갛게 노랗게 파랗게 물들어 가는
소리 들려옵니다

샛별

어두운 밤 하늘가에
빛나는 별 하나 보입니다

저 별은 하늘나라에서
앞 냇가에 퐁당 뛰어 듭니다

그래도 성차지 않아
찰랑찰랑 물장구칩니다

귀여운 내 동생과 같이
여름밤을 즐깁니다

조각달

밤하늘에 열렸네
동그란 금빛 레몬 하나

오늘 밤에는
옥토끼 한 입 떼먹고

내일 밤에는
상아아씨 한 입 떼먹으면

모레 밤에는
한 조각만 남겠네

버들개지

콩 콩 콩 버들개지
단잠에서 깨여 났어요

하아얀 털세타에
빨간 조끼 받쳐 입고서
냇가의
버들가지에 매달려

콩 콩 콩
토실개지 그네 뛰지요

이슬

개구쟁이 이슬
하느작 하느작
잘도 뛰네
풀잎새 그네를

욕심쟁이 이슬
시간 가는 줄도 모르고
저 혼자 차지하고
풀잎 그네를 뛰더니

아뿔사

임의 뜨거운 입김에
하늘로 솟았나
땅으로 꺼졌나

아무리 찾아도
보이지 않는구나

단풍잎

수줍음에 젖어
단풍잎은
빠알간 물이 들었습니다

그리움에 젖어
단풍잎은
노오란 물이 들었습니다

빠알간 얼굴
노오란 얼굴
익은 가을이 종종 열렸습니다

보슬비

보슬보슬 보슬비는
엄마의 손길입니다

앙상한 버드나무 가지 쓰다듬으면
포동포동 버들강아지 살집니다

보슬보슬 보슬비는
멋진 마술사입니다
메마른 백양나무 가지 쓰다듬으면
조롱조롱 파랑새들이 열립니다

보슬보슬 보슬비는
일등 화가입니다
거치른 산과 들을 쓰다듬으면
아름다운 풍경화 펼쳐집니다

장미꽃

언제나 방실방실 웃음 지으며
언제나 향긋한 향수 뿌려가며
오가는 사람들 마음을 사로잡습니다

한달음에 달려가
덥석 장미꽃 꺾으면
가시로 콕 찌릅니다
그리고는 제 쪽에서 부끄러워
얼굴이 빨개집니다
그러는 장미꽃은 더욱 예쁩니다

맥주잔 (외 2수)

□ 신현준

아빤 맥주잔이
맛있는가 봐
그러길래
맥주 다 마시고도
맥주잔을 감빨지

엄만 맥주잔이
원수인가 봐
그러길래
아빠가 퇴근하면
맥주잔부터 치우지

발톱

아침에
양말 신을 때 보면

발톱이
하야말쑥하다

저녁에
발 씻을 때 보면
발톱이
까맣게 까맣게

싱겁쟁이

바람은
싱겁쟁인가 봐
출근하는 울 누나
치맛자락 훌 불어놓겠지

바람은
싱겁쟁인가 봐
학교 가는 내 동생
이마머리 훌 날려놓겠지

바람은
싱겁쟁인가 봐
숙제하다 정신 판 사이
내 공책 훌 번져놓겠지

칫솔 (외 2수)

□ 류송미

칫솔은 욕심쟁이
치약이 맛있다고
계속 달라고 하네

칫솔은 장난꾸러기
요리조리 돌아다니면서
이빨 구경 다 하네

고무지우개

고무지우개는 의사입니다
틀린 곳 있으면
날 도와 지워줍니다

지우개 지우개
고무지우개

꾸러기 내 병 치료하느라
몸 점점 작아지어도
날 도와 오늘도
틀린 곳 지워줍니다

아빠

나의 아빠는
수학박사
모르는 수학문제 없다

나의 아빠는
운동선수
못 하는 운동이 없다

노을 (외 2수)

☐ 김다정

고추잠자리
수놓은 하늘

코스모스
고개 들어
쳐다 보며는

하얀 새 날아와
놀다 가지요

까르르 숨바꼭질
신나는
조무래기들

화들짝 놀라
흩어 지며는

어쭈~
누구의 장난이더냐

서쪽하늘에 불 지른 놈~!
소리 고운 새 노래
들녘길 휩쓸며 지나갑니다

그림자

언제나 나와 함께 였다
앉아 있기도 하고
서서 가기도 하며
흉내를 곧잘 내는구나

비오는 어두운 밤에는
내 귀전에서 소곤소곤
너와 나는 이어진 운명
이 몸이 있기에
우리는 떨어져서는
살 수 없는 사이

모든 순간이
그토록 다정스러워
삶의 한길 위에 너는
나의 분신이어라
운명 같은 너와 나
세상 끝까지 동행하는
외로움…

겨울나무

휘몰아치는 언덕에
상처 난 자국이 서있다
앙상한 알몸둥이
칼바람에 휘청거린다

속살까지 상처가 배여
서있는 높이에서 햇빛도 쉬여서 가는구나

하늘을 쳐다보는 눈길에는
달빛도 헤아리는
차거운 눈초리가 있다

눈보라의 시련을 거쳐
몸속에 물기 다시 보듬는다
연초록을 뿌리 속에 기르려면
웅심 하나로 곧게 서서
어디론가 뻗히는 언덕이 있다

밤에 피는 꽃 (외 1수)

□ 신금화

모락모락 밤안개
그물 뜬다

어둠 한자락 베어
밤길 닦는다

고개 숙인 가로등
빛살 모아 거리를 쓸 때

개구쟁이 반딧불
언덕너머
술래잡기 성수난다

수업시간

앵두나무 위에
오선보 그어놓고

참새 떼들 오구작작
작곡 하느라

여념
없다

아동문학의 독자대상과 장르 및 스토리의 경지에 대하여

□ 백천만

들어가는 글

아동문학의 산생되어 오늘에 이르기까지 아동문학의 개념정립과 독자대상 및 장르 획분에 대한 논쟁과 시비는 줄곧 이어져 왔다. 하지만 최종적인 결론은 내려지지 못하고 있다. 의식형태 영역의 다양한 사상과 경지와 미학 통일은 상고시대 때부터 시도하여왔다.

일찍 중국의 진시황 영정은 도량형을 통일하면서 의식형태도 통일하여 군주집정의 편리를 도모하려고 하였다. 그리하여 공자, 로자, 한비자, 장자, 묵자, 순자…를 비롯한 제자백가들의 서책을 다 불살라버리고 유생들을 생매장해버리는 전대미문의 '분서갱유' 사화를 빚어내기도 하였다. 하지만 무한대로 전파되고 파생되어 나가는 사상과 사유의 봇물을 막아내지는 못 하였다.

유럽에서의 사유의 개방은 르네상스시기에 전성기를 맞이하면서

부터 오늘의 글로벌시대를 열어가고 있다.

　인류의 단순사유로부터 다선사유에로의 진화과정에 문학의 한 형태인 아동문학도 그 개념으로부터 독자대상 및 장르에 이르기까지의 변화와 발전을 거듭하면서 오늘에까지 이르게 되었다.

　필자는 이 글에서 오늘날 쟁점 화제로 되고 있는 아동문학의 개념과 독자대상, 장르에 대한 일가견으로 아동문학에 대한 인식을 펼쳐보이고자 한다.

1. 아동문학의 산생

　인류는 썩 오래전부터, 문명이 탄생하면서부터 어린애에 대한 중시가 사뭇 컸었다. 어린애는 장차 내일의 주인공이라는 점과 그에 대한 기대와 피타는 훈육(訓育)은 미덕으로 높이 칭송되어 왔다.

　애들이 보챌 때면 다독이며 불러주었던 노래거나 옛말 따위들은 애들의 심성에 가상의 아름다운 세계를 구축해주었다. 그것이 꿈이 되고 희망이 되어, 애들은 커서 꿈의 실현을 위하여 분투하게 되는 것이었다. 그때 그 시절의 노래거나 옛말 따위들 가운데서 어린애들이 즐겨 듣는 옛말들의 전승이 초기상태의 아동문학을 산출시킨 모태(母胎)였다.

　고전설화 "해와 달", "콩쥐 팥쥐", "바보 온달"과 같은 이야기는 한반도를 중심으로 한 한겨레 어린애들이 즐겨 듣는 서민들의 생활 이야기였으며 "백설공주", "개구리 왕자"와 같은 설화들은 유럽 광범한 지역에서 어린애들이 즐겨 듣는 이야기는 귀족 중심의 이야기들이었다.

　일본의 옛날이야기 "다케토리 모노가타리(竹取物語)", "모모타로(桃太郎)", "잇슨보시(一寸法師)"와 같은 설화들은 무협정신을 칭송하거나 귀족중심의 이야기로부터 점차 서민중심의 이야기로 변이되어 나갔다.

일본의 옛날이야기는 에도(江戶) 시대에 예로부터 구전되는 이야기들을 정리해 삽화와 함께 실은 '오토기조시(御伽草子)'에서 유래된 것이 많다. 이전의 이야기들은 귀족이 중심이었다면 오토기조시에서는 동물이나 서민이 주인공인 작품이 많은 것이 특징이다.

이 시기 각 나라 지역마다에서 어린애들에게 알맞은 이야기들이 산재적(散在的)으로 유전되고 있었다.

그러다가 17세기에 프랑스의 베러가 첫 번째로 민간이야기를 개작하여 "엄마의 이야기"라는 동화집을 출간하였으며 독일의 그림(Grimm) 형제가 민간에서 유전되던 어린애들에게 적합한 이야기들을 모아 1812년에 156편으로 된 초판 "어린이와 가정의 동화"를 출간하였다. 그것이 발단으로 되어, 동화라는 문학은 세상에 처음으로 독립적인 개념으로 모습을 드러내게 되었다. 그러나 그것은 어디까지나 전래동화였다.

유럽에서의 창작동화의 시조는 덴마크의 안데르쎈((1805~1875)이라고 말할 수 있으며 대표작으로는 "그림 없는 그림책", "인어공주", "성냥 파는 소녀애" 등을 들 수 있다.

중국의 경우 일찍 도가의 장자가 쓴 "장자"에서도 어린이들에게 교훈적 이야기를 담은 흔적을 보이였으며 청나라 때 오승은이 쓴 "서유기"에서도 농후한 색채가 다분하였다. 중국현대동화는 중국현대동화의 시조로 불린 손류수(孫毓修1871~1922)가 1909년에 상해 상무인서관 국문판 "동화"잡지 주필로 있으면서 개작한 "천묘국(天猫國)"을 "동화"잡지에 발표하면서부터였다. "천묘국(天猫國)"은 유럽동화 "태서오십궤사(泰西五十軼事)"에 기초하여 묶은 것이었지만 중국현대동화의 탄생을 상징하고 있었다. 일찍 중국 저명한 작가 모순, 장천익, 조경심, 진백추 등은 손류수를 중국동화의 시조할아버지라고 높이 우러르고 있었다. 중국현대동화는 1923년 엽성도의 "허수아비(稻草人)"가 발표되면서부터 본격적인 창작동화의 길을 걷게 되었다고 로신은 말하였다. 1932년엔 장천익의 장편동화 "대림과 소림", 1958년엔 김진이 창작한 "잉어가 용문을 뛰여넘다"가 선후로 발표되면서 중국동화는 전성기를 맞이하였다.

일본은 에도(江戶) 시대에 예로부터 구전되는 이야기들을 정리해 삽화와 함께 실은 '오토기조시(御伽草子)'에서 유래된 것이 많았지만 후기에는 유럽의 그림형제동화, 안데르쎈동화, 와일드동화를 번안하면서부터 본격 "동화"라는 이름을 사용하게 되었다.

조선반도에서 동화문학이 기본 형태를 갖추기는 마해송이 1923년에 "샛별"잡지에, 또 1926년에 "어린이" 잡지에 "바위나리와 아기별"을 발표하면서부터라고 볼 수 있다. 그 후기엔 방정환, 이원수 등 많은 작가들에 의해 한민족 동화도 "동화"라는 이름으로 창작전성기를 맞이하게 되었다.

2. 아동문학의 개념과 독자대상

아동문학의 초기형태가 어린애들에게 적합한 문학이라는 의미에서 아동문학의 개념정립은 "어린이"라는 데 역점을 두게 되었다. 그렇게 고착되면서 흘러온 것이 국제적으로 2백 년, 아시아지역에선 백 년 세월이 흘렀다.

아동문학에 대한 사전식 해석을 살펴보면 다음과 같다.

[국어사전]
어린이를 대상으로 그들의 교육과 정서를 위하여 창작한 문학. 동요, 동시, 동화, 아동극 따위이다. 또는 어린이가 지은 문학 작품.

[한자어사전]
어린이 교육(教育)과 정서(情緖) 도약을 목적(目的)으로 하는 문학(文學). 동요(童謠), 동시, 동화(童話), 우화, 어린이 소설(小說), 어린이극의 각본(脚本) 따위.

[빠이두(百度)사전]
어린이를 전문 상대로 창작된, 아동들에게 읽기 적합한 독특한 예

술성과 풍부한 가치가 있는 각종 문학작품의 총칭이다.

그 외에도 독일, 프랑스, 영구, 네델란드, 스웨덴, 러시아 등 많은 나라와 민족마다 자기식 나름대로의 사전식 정립을 굳혀오고 있지만 그 핵심은 어린이를 전문상대로 지어진 문학이라는 데 초점이 모아져있었다. 따라서 아동문학의 독자대상도 어린이들이라는 것이다.

그런데 오랜 세월을 흘러오면서 점차 이런 이론정립에 반발하는 무리들이 생겨나면서 아동문학의 개념 정립은 다시 개조를 운운하기 시작하였다. 그 운운의 핵심을 모아보면 다음과 같았다.

1. 아동문학은 어린이를 전문상대로 한다면 어른들은 왜 아동문학작품을 보는가?
2. 아동들이 읽는 글이 아동문학작품이라면 어린이들이 읽는 성인작품은 무엇인가?

이런 문제에 관심을 가지기엔 이제 겨우 반세기정도 채 안 된다. 하지만 아동문학개념 정립이 담고 있는 경향성문제는 문학계와 학술계에 큰 물의를 불러일으켰다. 하지만 초기엔 정립된 어린이들만을 위하고 어린이들만 보는 문학이라는 관념이 우세를 점하면서 오늘날까지 아동문학은 여전히 그 맥을 이어오고 있었다.

중국 조선족아동문학은 재래의 사전식 이론정립을 깃발로 삼고 조선족아동문학작가와 작품의 흐름새를 피력하면서 조선족아동문학의 진영을 구축해왔는바 중국과도 한반도와도 유럽과도 일본과도 다른 소위 조선족특색이 있는 아동문학만을 고집하였다. 그 고집의 근본이 되는 점이란 장르 획분에서의 차이점일 뿐 아동문학이라는 개념정립에는 사진식 그대로의 답습이었다.

그러나 오늘날 조선족아동무학진영에도 아동문학의 개념정립으로부터 장르 획분에까지 질의가 일어나면서 사전식 이론에 대한 개량의 필요가 쟁점으로 부상되고 있다.

상기의 문제를 해결점은 어디서 어떻게 찾아야 할 것인가?

우선 성인문학과 아동문학에 대한 인식부터 정확히 가져볼 필요가 있다.

성인문학이란 딱 성인만 보는 것이 아니라 어린이들도 볼 때가 있는데 그것은 어린이들에게도 가끔씩 성인다운 일면이 있기 때문이다. 때문에 어린이들의 마음연령은 육체연령보다 훨씬 키가 커 있다고 말한다.

그러므로 이런 결론도 도출하게 되는 것이다.

"성인문학은 무릇 성인다운 마음에 살고 있는 사람들에게 알맞게 창작된 예술성 높은 모든 문학작품이다."

반면에 아동문학작품 역시 이런 결론을 도출해낼 수 있게 된다.

"아동문학은 무릇 어린이다운 마음에 살고 있는 사람들에게 알맞게 창작된 예술성 높은 모든 문학작품이다."

여기에서 유의할 점은 어린이다운 마음이라는 구절이다. 어린이다운 마음이란 바로 동심(童心)이라는 뜻이다.

허구한 세월을 세상은 "동심"이란 바로 어린이의 마음이라고만 인정해왔다. 그러나 인류정감의 발전법칙의 차원으로부터 동심이란 어른들에게도 존재하는 것이라는 것에 일치를 가져오면서 동심이란 더는 어린이의 마음뿐이 아닌, 어린이다운 마음이라는 결론으로 낙인찍게 되었다. 그럼에도 불구하고 여러 사전식 해석은 개정되지 않고 있는 상황이었다.

이러한 폐단이 교조적으로 학술계와 문학도들에게 혼란을 조성하여 국제 아동문단에 혼돈의 그림자를 던져주기도 하였다.

하지만 작가와 학자의 사명은 그 시대에 물젖어 살면서도 밝음을 향하여 시대를 끌고 가는 선각자임에 틀림없다고 해야 할 것이다.

영국의 동화작가 조앤.K.롤링은 기성관념의 벽을 무너뜨리고 "해리포터"라는 작품을 써내어 마환동화의 경전으로 빛발 쳤으며 영국의 소설가 톨킨이 쓴 판타지동화 "반지의 제왕"은 "해리포터"와 쌍벽을 이루면서 세계전역에 돌풍을 불러일으켰다.

일본의 낭만화가 도산명(鸟山明)의 격투(格鬪)동화《용구슬(七龍珠)》과 수총지충(手冢治虫1928.11.3.-1989.2.9.)의 《테비아퉁무(铁臂阿童木-1955.4.5)》는 당시 세계 1위의 베스트셀러가 되었고 미국의 동화작가 한나·마버라가 쓴 《미키와 오리의 모험기》 역시 세계 1위의 베스트셀러가 되었다.

이러한 작품들은 모두가 사전식 아동문학의 개념정립의 한계를 벗어나 실재의 모범을 보이고 있는 작품들이었다.

낡은 이론의 한계를 벗어나 시대의 발전에 걸맞은 아동문학, 그것이 열린 글로벌시대에 알맞은 예술의 경지임을 인식해야 할 것이다.

3. 아동문학의 장르 획분

《한국현대문학대사전》(2004. 2. 25., 권영민)에는 이렇게 밝히고 있다.

"문학의 장르(genre)는 문학의 사회 문화적 또는 역사적 실체로 등장하는 여러 가지 작은 갈래의 문학 형태를 말한다. 문학에서 서정적 양식, 서사적 양식, 극적 양식 등은 각각 시대와 여러 문화에 걸쳐 가장 보편적이며 지속적인 속성을 드러낸다. 이들 문학 양식은 여러 가지 다양한 하위의 역사적 장르로 형상화되어 특정한 언어를 기반으로 문학사에 등장하게 된다. 문학의 장르는 그 소재와 형식의 구성 방법에 따라 각각의 특징이 규정된다. 이것은 고정 불변하는 것이 아니라 시대적으로 변화하며, 공간적으로 특정의 지역이나 민족에 따라 그 형태나 구조가 달라지기도 한다."

문학의 하위개념으로서 장르 획분은 대체적으로 유사한 경향을 가진 작품들을 분류하여 명명하는 것일 뿐이다. 여기서 명기해야 할 점은 장르 획분은 이론탐구와 창작의 참조를 도모하기 위하여 그 존재가치가 있을 뿐이라는 것이다.

낮과 밤의 계선이 엄연히 분명하지 않듯이 장르 획분에 딱 분명히, 면도칼로 자르듯, 이렇게 하면 소설이요, 저렇게 하면 안 되오 하는 식의 설법은 존재하지 않는다.

자고로 장르란 시대적발전과 창작의 편의를 위하여 파생되거나 실족되는 경우를 거듭하였다. 일찍 문학의 원초장르는 가요에서 비롯되었고, 거기에서 시가 파생되었으며 또 그로부터 백화문이 산출되었다.

아동문학도 초기에는 민가에선 널리 유전되던 가요나 이야기들 가운데서 아이들에게만 걸맞은 것들로 수집, 정리하여 그것을 아동 문학이라고 명명하게 되었다. 따라서 그 독자대상도 소년아동이라고 역점 찍게 되었다. 그러나 점차 시대의 흐름과 예술발전과 광범한 독자들의 감수성의 발전에 따라 아동문학은 더는 아동들만 위하는 문학이 아니라 동심에 살고 있는 모든 사람들을 위한 문학이라는데 초점이 모아지게 되었다.

그에 따라 장르 획분도 변화를 가져오게 되었다.

아동문학의 초기 장르는 성인문학의 시, 소설, 극의 3대 장르 획분법에 따라 동시, 동화, 동극으로 나뉘게 되었다. 여기에서 아동소설은 어린이들이 읽는 이야기라는 뜻에서 동화에 귀속시켰다.

말 그대로, 어린이들이 읽는 시는 동시, 어린이들이 읽는 산문화된 이야기는 동화, 어린이들이 읽는 극은 동극이었다.

여기에서 주의할 점은 동화는 어린이들이 읽는 산문화된 글이라는 광의적 의미라는 것이다. 동화에는 소설, 이야기, 우화, 수필… 등 많은 부문이 포함되었다. 훗날 거기에서 소설, 우화, 이야기, 수필이 독립되기도 하고 그냥 그대로 통틀어 동화라고 불려 지기도 하였다.

한국, 일본, 유럽 등 나라들에서는 광의적 의미에서의 동화를 그대로 사용하고 있으며 개별적으로 세분하여 소설, 이야기, 우화… 등으로 사용하기도 한다. 그러나 중국과 조선에서는 아동소설, 동화, 이야기, 우화… 등으로 무조건 세분하여 명명한다. 그런데 유개념으로서의 동화를 중국과 조선에서는 종개념으로 사용하면서 환상과 과장을 통한 동심의 이야기만을 동화라고 명명하여 국제적 물의를 불러일으키고 있다.

중국 조선족아동문학도 중국식 장르 획분법을 무조건 그대로 따라 하고 있다.

이는 어찌 봐도 타당하지 못 한 것이라고 본다.

이를테면 사람이라고 하면 흑인, 백인, 갈색인, 황색인이 있고 남자, 여자, 어린이, 어른이 있기 마련인데, 거기에서 황색인종만 사람이고 그담 인류는 다른 이름으로 명명해야 한다는 억지와 마찬가지 이치가 되는 것이다.

시대의 발전에 따라 장르 획분과 그 명명도 달라질 수는 있지만 유개념과 종개념의 구별을 혼동하지는 말아야 한다.

4. 작품에 체현되는 등장인물과 스토리의 경지

산문의 경우 작품의 경지는 등장인물을 토한 스토리의 전개를 통하여 이룩된다. 때문에 한편의 소설이든 동화든 등장인물의 설정과 스토리흐름은 사뭇 관건적인 요소가 된다. 이런 이치는 문학에 내공 있는 작가라면 거거가 무난히 해결해나가는 기본공으로서 더 거론할 필요가 없겠지만, 분명 작품은 되었음에도 이를 두고 문단의 쟁명은 그침이 없다.

그렇게 되는 원인을 파헤쳐보면 작가의 미학관과 세계관과 지식관에 그 답안이 있음을 어렵지 않게 찾아낼 수 있다.

세상에 대한 작자의 인지도(認知度)는 작품이 체현하는 경지의 여하를 결정짓는다. 자고로 세상에 대한 작자의 태도는 나라와 지역과 민족에 따라 각이한 경향을 보이고 있다.

동화를 사례로 살펴보기로 한다.

일본 동화의 경우, 어려서부터 남에게 지지 말고 강하게 살아야 한다는 이념의 지배하에 거개의 작품들은 무용(武勇)을 뽐내는 내용들로 충만되어 있다.

일본 동화 "모모타로(桃太郎)"의 스토리 경개는 다음과 같다.

한 할머니가 빨래를 하다가 강에서 떠내려 온 커다란 복숭아를 건져 반으로 잘랐더니 귀여운 남자아이가 들어있었다. 노부부의 사랑을 받으며 씩씩하게 자란 모모타로는 도깨비(鬼)가 사람들을 괴롭

힌다는 말을 듣고 할머니가 만들어 주신 수수경단을 가지고 도깨비를 물리치기 위한 여행을 떠난다.

도중에 개, 원숭이, 꿩을 만난 모모타로는 수수경단을 주며 부하로 삼았고 도깨비가 사는 마을에 도착해 부하들과 함께 그들을 물리친다. 모모타로는 도깨비가 약탈해 간 보물을 가지고 돌아와 할머니, 할아버지와 행복하게 살았다.

또 한 편 살펴보기로 하자.
동화 "잇슨보시(一寸法師)"의 경개는 다음과 같다.

아이가 없는 부부가 신에게 기도한 뒤 아들을 낳았는데 키가 1촌(一寸. 약 3cm) 밖에 되지 않았고 몇 년이 지나도 자라지 않아 잇슨보시라고 불리게 되었다. 어느 날 잇슨보시는 부모님의 반대에도 불구하고 무사가 되기 위해 수도인 교토(京都)에 가기로 결심한다.

잇슨보시는 지푸라기로 만든 칼집에 칼 대신 바늘을 넣은 다음 밥그릇 배를 타고 강을 따라 여행을 떠났다. 이윽고 교토에 도착해 한 대갓집에서 일하게 된 잇슨보시는 그 집의 아가씨와 신사에 참배하러 가다 도깨비의 습격을 받았는데 그만 도깨비가 잇슨보시를 삼켜버리고 말았다. 뱃속에 들어간 잇슨보시는 바늘로 살을 찔렀고 너무나 아팠던 도깨비는 잇슨보시를 토해내고 산으로 도망쳤다. 잇슨보시는 도깨비가 두고 간 요술 방망이를 써서 6척(182cm)의 훌륭한 젊은이가 되었고 아가씨와 결혼한 뒤 행복하게 살았다고 한다.

이외에도 세계 전역에 돌풍을 불러일으킨 도산명(鸟山明)의 격투 동화 《용구슬(七龍珠)》과 수총지충(手冢治虫, 1928.11.3.-1989. 2. 9.)의 《테비아통무(铁臂阿童木, 1955. 4. 5.)》를 비롯한 많은 동화들은 치고받고 죽이고 하는 처절한 싸움 장면을 적나라하게 보여주는 것으로 특징지어진다.

한반도 동화의 경우, 한반도 최초의 동화작품 마해송(본명 상규, 1905년~1966년)의 "바위나리와 아기별"을 살펴보기로 하자.

남쪽나라 바닷가에 바위나리라는 빨강꽃, 파랑꽃, 노랑꽃, 흰꽃

등 영롱한 오색 꽃이 피어난다. 바위나리는 나무도 새도 풀도 없는 쓸쓸한 바닷가에서 "세상에 제일 가는/여여쁜 꽃은/그 어느 나라의 무슨 꽃일까/먼 남쪽 바닷가/감장돌 앞에/오색 꽃 피어 있는/바위나리지요"라는 노래를 날마다 부르고 울기도 하며 애타게 동무를 부른다.

그러던 어느 날, 밤이면 남쪽 하늘에 맨 먼저 뜨는 아기별이 그 울음소리를 듣고 별나라 임금님께 다녀오겠다는 말도 하지 않고 바위나리를 찾아 내려온다. 어느덧 바위나리와 아기별은 정이 든다.

잠깐 동안만 달래주고 돌아가려던 아기별도 바위나리가 아름답고 귀여워 이야기도 하고, 달음박질도 하고, 노래도 부르고, 숨바꼭질도 하면서 밤 가는 줄도 모르고 놀다가 새벽이 되어 하늘 문이 닫히기 전에 하늘나라로 돌아가지만 밤이 되면 또 바닷가로 내려온다.

그러던 어느 날, 바위나리는 병이 들고 아기별은 밤새 바위나리를 간호하다 그만 하늘에 올라가는 시간을 놓쳐버린다. 하늘의 임금님은 밤마다 아기별이 나갔다 오는 것을 알고 외출 금지령을 내린다.

기다림에 지친 바위나리는 마침내 모진 바람에 바다로 휩쓸려 들어가고 밤마다 울던 아기별은 하늘에서 쫓겨나 지상으로 떨어진다. 그런데 참 이상하게도 아기별이 풍덩실 빠져 들어간 곳은, 오색꽃 바위나리가 바람에 날려 들어간 바로 그 위의 바다였다. 지금도 물이 깊으면 깊을수록 환하게 밝게 보이는 것은 한때 빛을 잃었던 아기별이 다시 빛나기 때문이다.

이 작품은 환상적 탐미성(眈美性)이 강한 작품으로 순정적인 내용의 양식을 보여 주는 것으로 특징지어진다.

이외에도 한반도의 아동문학은 남, 북을 통틀어 아름답고 선량하고 착한 심성으로 자라야 한다는 사상으로 관통되어있는 것이 특색이다. 그런데 그런 특성이 지나치게 팽창하면 작중인물을 몽땅 동곽 선생과 같은 나약한 존재로 전락시키는 경향에로 전락하게 되는 결함도 잠재하고 있음은 짚고 넘어가야 할 것이다.

중국 동화의 경우, 중국 최초의 창작동화작품을 쓴 엽성도(葉聖陶, 1894~1988)의 "허수아비"를 살펴보기로 하자.

엽성도는 서양 아동문학의 전형적인 틀을 벗어 버리기로 결심하고 어린이에 초점을 맞추어 동화를 쓰면서 아이들의 깨끗하고 맑은 심성, 순진하고 따뜻한 내면 풍경을 다룬 이야기들로 창작활동을 펼쳐왔다. 동화 "허수아비"의 경개는 다음과 같았다.

들판에 서 있는 허수아비는 가족을 잃고 해충 탓에 농사를 망쳐 버린 할머니, 병든 아이를 눕혀둔 채 한밤중 고기잡이에 나선 어부, 도박 빚에 팔려갈 위기에 놓인 여자 등 허수아비가 목격하고 있지만 논밭에 박혀 움직일 수 없기에 눈뜨고 보기 괴로운 상황 앞에서 괴로워한다.

엽성도 이후 장천익(張天翼)의 장편동화 "대림과 소림", "보물 호리병"을 비롯한 많은 동화작품들은 집단의 지혜와 힘을 칭송하는 경향에로 리얼릭한 현실제재를 토대로 환상과 과장을 펼쳐 보이는 것으로 특징지어진다.

이와 같이 시대적으로 나라와 민족에 따라, 또 작가의 인지관(認知觀)의 구별에 따라 작품에서 노리는 등장인물과 스토리의 흐름이 판정 나게 되는 것이다.

위에서도 언급했다 싶이 작가의 미학관과 세계관과 지식관은 각이하며 그로 인해 그려지는 작품의 경지도 각기 부동할 수밖에 없게 된다.

중국 조선족아동문학은 중국의 한족아동문학과 더불어 그 영향을 직접 받으면서 한시기 군단적(群團的) 발전을 하여왔다. 그리하여 등장인물 설정과 스토리 구성에서도 일정한 틀을 만들어 그것으로 작품을 예속하는 경향도 뿌리 깊게 내리고 있다.

이를테면 승냥이, 여우, 뱀 같은 것은 사악한 것의 대변물로, 토끼, 사슴, 노루 같은 선량한 것의 대변물로 등장시키는 것과 같은 것이다. 스토리 경개도 권선징악, 선과보응의 기성관념에 따라 스토리를 깎아 맞추어야 하는 것과 같은 것이었다.

그러나 아동문학의 본격 발상지인 유럽 여러 나라들에서는 상기의 관습을 의식하지 않고 자유분방한 스토리의 전개를 무랍 없이 펼치면서 등장인물의 자유로운 선택과 변이를 서슴없이 진행하여 오고 있다.

때문에 유럽의 아동문학은 아시아 아동문학보다 거개가 활발하고 파격적이며 생기발랄한 특점을 듬뿍 지니고 있는 것도 승인하지 않을 수 없는 사실이다.

나가는 글

오늘날 아동문학은 글로벌시대 열린 아동문학이다. 한 개 지역에만 국한되어 지역성 특징만 고집할 때가 아니다. 드넓은 우주공간에서 지구촌이라는 이 울타리를 벗어나 가상공간이라는 이차원(異次元)의 세계를 넘나들면서 꿈으로 아롱진 동심세계를 활짝 꽃펴나가야 할 사명이 아동문학가들에게 주어지고 있다.

모든 동심에 살고 있는 세상 사람들에게 황홀하면서도 아름답고 숭고한 자극을 창출해 내어 우리 사는 이 세상을 동심으로 빛나는 삶의 낙원으로 꾸려가는 것이 아동문학가들의 꿈이고 희망이다.

이제 그 꿈과 희망을 아동문학이라는 이 장르에 담아 명멸하는 우주의 대문을 활짝 열고 박차를 가할 일이다.

◇ 수기 ◇

아, 별처럼 빛나는 추억의 사금파리들…

□ 김하나

기억의 실마리…

40여년 만에 고맙게도 '소학교동창천'이 나를 불렀다. 너무도 감개무량했다. 보고 싶던 얼굴, 그리운 목소리들이 새록새록 떠오르면서 시들고 찌들은 가슴에 모닥불 지펴주었다…

1. 못난 송아지 궁둥이에 난 뿔

…남자애는 여자애가 그냥 "행복한 생활"이라는 영화 속 주인공처녀 같이 느껴졌다. 뒤고 꼭 모두어 맨 새까만 머리, 잠자리 눈썹같이 양쪽 귀가 살짝 아래로 내리 드리운 듯한 눈썹, 그보다도

도톰한 쬐고만 입술이 뽁 빨아보고 싶도록 못 견디게 가슴을 지져대였다.

"곱게는 생겨 갖구…"

시간마다 그 애한테 가만히 눈길 돌려 훔쳐보지 않고는 견딜 수 없었다. 혹 선생님이, 혹 애들이 눈치챌 가봐 두근닥 거리면서도…

하학 후였다. 청소당번 한소조인 남자애와 여자애는 청소를 마치고 제마끔 가방 메고 귀갓길에 올랐다. 남자애의 집은 여자애의 집보다 꽤 멀었고 방향도 다른 갈래였다. 하지만 남자애는 그날따라 여자애와 함께 걷고 싶었다.

"얘, 손잡고 함께 가지 않을래?"

이렇게 말하고 싶었지만, 되기나 할 말인가…

남자는 저렇게 앞서 걸어가는 여자애의 뒤꽁무니를 먼발치에서 살금살금 따라가기 시작하였다. 하학한지 오랜 뒤라 거리에는 학급 애들도 보이지 않았다.

두근닥 두근닥…

여자애의 작은 엉덩이 두 쪽이 삐그닥거리며 남자애의 눈앞을 어지럽게 자극해왔다. 남자애는 공연히 입술이 바짝 마르면서 목구멍에 겨불내가 확확 나기 시작했다.

골목길 몇 개를 에돌아 여자애는 단층 벽돌기와 집에 이르렀다.

엉성한 널판자 대문을 열고 마당을 지나 출입문 열고 집안에 들어간 여자애의 집은 고요가 감싸주고 있었다. 벌써 저녁 어스름이 내리덮이기 시작하는 어둑어둑한 초저녁, 밥 짓는 저녁연기가 널판자 여러 조각을 덧대어 네모나게 만든 굴뚝에서 시름없이 퍼져나가고 있었다.

"아, 여기가 너네 집이구나. 근데 넌 내가 좋아 한다는 걸 모르잖아. 헐~"

남자애는 저도 몰래 가볍게 한숨을 내쉬었다. 그때였다.

"쾅~!"

갑자기 출입문이 열리며 검실검실하게 생긴 무서운 어른이 구정물이 담긴 바게쯔를 들고 밖으로 나왔다.

"아이고~ 나 살려…!!"

남자애는 무슨 정신에 화닥닥 여자애 집문 앞을 뛰쳐나갔는지 몰랐다. 온몸의 피가 거꾸로 올리 솟구치고 죄꼬만 심장이 강아지 올리 뛰듯 투닥투닥 방치질 해대었다.

허둥지둥 두 번째 굽인돌이를 돌 때였다. 디런~!

발이 쭐 미끌며 그냥 속도 그대로, 모로 짝 미끌어 넘어졌다. 쌍놈의 개똥을 밟았던 것이다. 금방 사 입은 새 옷이 찢어졌고, 팔굽이 으깨지듯 아파났다.

남자애는 어처구니없어 풉 웃어버리고 말았다.

"애고~ 곱게는 생겨 갖구…"

세월 흐른 뒤 남자애는 턱수염 난 어른이 되었고 여자애는 눈가에 잔주름 오려붙인 아낙네가 되었다. 그것도 40여년 지난 다음에야 얼핏 한 신문사 노천광장에서 어깨를 스쳤으며 드디어 소시절 동창첩에서 다시 만나 손을 잡아보게 될 줄이야…

감격에 젖어, 어린 시절 노트를 정리하다가 책속에 끼워두었던 퇴색한 색종이 한 장이 발치에 떨어졌다. 거기엔 분명 <LFH>라는 이름이 껍딱지처럼 붙어 있었다.

2. 그날의 그 잔등, 보드라운 살결 내음새…

"니는 집에서 선생님을 머라 부르니?"

"엄마라 한다. 왜…"

톡 쏘아붙이며 여자애는 눈을 할기죽 거린다.

"히히~ 좋겠다야, 니는."

사내애는 교실 밖을 뛰쳐나가며 버릇처럼 쉰내 나는 휘파람을 획획 불어제꼈다. 엄마선생님을 독차지한 여자애가 못내 부럽기만 했던 것이다.

근데 제목이 머드라? 디게 재밌다던데, 내일은 꼭 영화구경 갈거야…

이튿날이었다.

때마침 일요일인지라 사내애는 <헝겊둥이 여행기> 동화책에 끼워 넣은 잔돈 부스레기를 죄다 털어보았다. 그래도 삼십전은 실히 되었다.

(캬~ 이 돈이무사…)

매표구 앞.

사내애는 밀치는 사람들 속을 비집고 기를 쓰고 앞으로 나갔다. 지금처럼 줄을 지어 표 떼는 시대가 아닌 그때는 약삭빠른 사람이거나 힘이 센 사람이 먼저 매표구 앞에 다가가 표를 끊는 게 선수였던 시대였다.

사내애는 원숭이마냥 어른들 겨드랑이 밑으로 비집고 들어가 겨우 매표구까지 이르렀다. 때마침 앞에는 붉은 색 바탕에 검은색 네모 칸이 죽죽 간 옷을 입은 여자애가 밀치는 사람들 속에서 탈락되지 않으려고 매표구 난간을 꼭 틀어잡고 바둥거리였다. 깜직한 뱁새 같은 작은 귀가 유달리 눈에 익어보였다.

"아, 니두 왔구나."

땀벌창이 되어 소리 지르는 사내애를 시답잖게 얼핏 흘겨보는 여자애의 곱게 빗어 넘긴 머리카락은 약간 헝클어져 있었다.

사내애는 땟국이 죽죽 간 손을 여자애의 어깨 뒤로 쑥 내밀어 매표구 앞에 갖다 대었다.

"너 정말…"

여자애의 매서운 눈길이 다시 한번 사내애의 얼굴을 찔러주었다.

"히히…"

바보스레 사내애가 웃는 찰나, 어이쌰~ 어이쌰~~

옆에서 한 무리 청년들이 힘을 합쳐 밀어대었다. 그 바람에 겨우 매표구 앞을 차지했던 남자애와 여자애는 저쪽 한켠으로 밀려나갔다.

"에이 씨…!"

사내애는 툴툴거리며 여자애를 앞에 세우고 다시 밀치고 들어가기 시작하였다. 젖 먹던 힘까지 다 내어 꿀향 풍기는 여자애의 뒷잔등을 밀던 사내애는 문득 여자애의 살결이 해면처럼 나른하고 잔디처럼 부드러움을 놀랍게 느꼈다.

(아, 여자애의 살결이란 워낙 이런 거였구나…)

사내애는 그 감각이 좋아 여자애의 잔등을 밀고 또 밀었다…

그때 그 시절 보드랍고 따스했던 동년의 기억을 여자애는 진작 잊은 지 오래겠지만 사내애는 지금도 그 잔등, 그 살결 잊을 수 없다고 한다. 눈 감으면 떠오르는 KHL… 지금은 한국 서울 어느 코너에서 마담질 할지도 모를 KHL…

3. 드러난 정체, 알고 보니…

… 좋은 일 하나 하면 교실 뒷벽 흑판보에 빨간 오각별 하나가 올라붙는다. 그것이 제일 많은 애는 우수학생이 되고 선생님께 표창을 받게 된다. 우수학생이라는 그 칭호 하나에 가슴 들먹이고 한없이 부풀던 동년의 하늘엔 무지개도 아롱지었다.

좋은 일 하기—

손쉽게 별을 딸 수 있는 것이 있었다.

바로 교실청소였다.

사내애는 아침 밥술 놓기 바쁘게 학교로 달려갔으나 교실은 먼지 한 점 묻을세라 말끔히 정리되어 있었다. 그날 청소당번보다도 더 일찍, 누가 와서 한 좋은 일일까.

사내애는 맹랑하였다.

다음날, 총각애는 전날보다 더 일찍 학교로 갔다. 아예 아침밥을 거르고 달려갔다. 그런데 교실은 또 말끔히 청소되어 있었다.

(아, 대체 누가 이리도 빨리 온단 말인가?)

그런데 좋은 일을 한 어린이는 종내 나타나지 않았다. 사내애의 가슴엔 질투 같은 것이 이글거리기 시작하였다.

그 다음날, 사내애는 아예 새벽 네 시에 학교로 달려갔다…

그런데… 그런데 아~ 정말 그런데가 아니고, 교실문은 상기 닫힌 상태로 입을 꾹 다물고 있었다.

(헤, 그러면 그렇겠지~!)

사내애는 사기 났다. 불이 번쩍 나게 교실 청소를 말끔히 해놓았다. 후끈 젖은 땀을 식히며 주먹으로 이마를 닦을 무렵, 교실문이 열리며 단발머리에 넓적한 얼굴의 여자애가 놀라운 기색으로 교실에 들어섰다.

"아니, 넌…?"

공부는 잘하지만 말수가 수더분하여 크게 중시를 일으키지 못 했던 애였다.

남자는 제꺽 달려가 여자애의 어깨를 툭 쳤다.

"임마, 니구나~!"

순간 여자애가 한발 물러서며 얄팍한 소리를, 그러나 한옥타브 낮게 지르며 웃었다.

"아갸갸~ 너 어디를 치니…"

남자애는 계면쩍어 헤헤 바보 웃음만 지었다.

그때 그 시절, 남자애는 중대위원이었고 여자애는 학습위원이었던지 뭐였던지 기억이 초불처럼 가물거린다.

그 여자애는 대체 누구였을까. 그 애의 이름은 PMH, 남자애는 헤헤… 당연히 나였을 것이다.

4. 껌딱지

─윤홍화, 니를 쓴다…

짝 짝 짝… 뿌걱~ 팍~!

얼굴 근육이 잔뜩 늘어나게 껌을 씹다가는 조꼬만 입술 사이로 점점 커지는 부레를 내보내다가 그만 팍 터지면, 혀를 홀랑 내밀어 추욱 늘어진 껌을 다시 감쳐 넣고 짝짝 씹는다. 그렇게 하기를 거듭…

"얘, 거 참 희한하다야. 너 대단하구나!"

껌이 되게 귀했던 그 시절, 애들에겐 그것이 신기하기만 하였다.

연분홍 멜끈치마에 하얀 반팔적삼을 받쳐 입은 계집애는 콩나물처럼 멀뚱하게 키가 커있었다.

휴식시간이면 그 애 주변에 모여드는 애들의 눈동자가 별이 되어 반짝거렸다.

"얘, 껌 하나 줘봐, 안되겐?"

그러거나 말거나, 그 애는 눈만 할기죽, 그럴수록 사내애는 더욱 짓궂게 달라붙었다.

"딱 한 번만 시켜주라. 그러면 내 이거 줄게."

사내애는 호주머니에서 꼬댕꼬댕 말라버린 누룽지 조각을 꺼내 든다. 계집애는 땟국 진 사내애의 손을 탁 쳐버리며 빼액 소리 지른다.

"비켜~!"

핫핫핫…

교실에서 폭소가 터진다. 금세 얼굴이 지지벌개난 사내애의 입에서 구렁이가 튕겨 나온다.

"스벌~!"

그때였다. 입언저리에 팥알만한 검은 기미가 박힌 개구쟁이 박테리아(가명)가 사내애의 팔을 잡아끌고 교실 한구석에 가서 썩두부 냄새나는 입을 귓가에 갖다 대었다.

"까짓 껌 맘대로 만들 수 있어."

"머라? 어떻게…"

사내애의 뱁새눈이 금세 화등잔마냥 커졌다.

"너 공소사 앞마당에 말리우느라고 널어놓은 밀보리를 알잖아. 그걸 한 줌 쥐어 입에 넣고 오래오래 씹으면 껌이 된대. 울 엄마가 알려주더라."

그날 하학하자 바람으로 사내애는 공소사 앞마당으로 달려가서 밀보리를 입에 집어넣고 씹기 시작하였다. 껄껄하고 떱떱하고 매캐한 것이 여간 괴롭지 않았다.

"아악, 퉤~!"

대번에 칵 내뱉어 버렸으나 오래오래 씹어야 한다던 말이 떠올라 사내애는 다시 밀보리를 씹기 시작하였다. 에구, 그 놈의 껌이 뭐길래…

그런데 우메~ 기적이 일어났다. 한 이십 분가량 씹었는데 연달아

생겨나는 찌꺼기를 뱉어 내고나니 진짜 껌이 된 것 아니겠는가. 세상에…

"와 쎄이~!"

그러나 그 기쁨도 잠깐, 암만 해도 계집애의 껌처럼 쭐쭐 늘어나지 못 했다.

(괘씸한…)

이튿날 자습시간, 살풋 잠이 든 계집애의 머리카락에 사내애는 자기가 손수 만든 껌딱지를 붙여놓았다.

악성 사달~!

머리칼에 달라붙은 껌딱지는 계집애의 머리칼을 꽉 부여잡고 놓을 줄을 몰랐고 계집애는 교실이 때개지게 울음을 터뜨렸다.

결국 껌딱지 달라붙은 계집애의 머리카락은 잘려나갔고 사내애는 학급 애들의 눈총을 껌딱지처럼 달고 다녀야 했다.

못난 계집애 같으니라구, 그러나 세월이 흐르면서 사내애는 그때 그 계집애가 사뭇 그리워났다. 사진 한 장이라도 다시 볼 수 있었으면 좋으련만…

글을 접으면서

세월이 많이 흘렀다. 돌이켜보면 우습강스럽기만 한 추억거리지만 그것들이 나를 늘 행복하게 만져준다. 살다가 고달플 때면 그때 그 시절 정답던 계집애들의 이름을 하나하나 불러본다. 이제는 다시 만난다 하여도 서로 못 알아볼 수도 있겠지만, 내 가슴속에 나부끼는 순록의 기억들은 그제나 저제나 또한 이제나 내일이나 변함없을 것이다.

아, 별처럼 빛나는 추억의 사금파리들, 그것들을 실에 꿰어 ·동년의 하늘에 걸어두고 살련다.

‖ 수필 ‖

피를 물고 울던
새는 어데로
갔나?

□ 권중철

올해는 1월 한 달에 양력설과 음력설이 함께 들어서인지 여느 해
보다 봄 날씨가 어린애의 얼굴처럼 유난히도 변덕스럽고 각별히 흐
리고 추운 날이 많다. 하지만 귀신은 속여도 철은 못 속인다고 산악
인들과 함께 산을 다니며 살펴 볼라니 양력 3월 중순을 넘어서자
양지바른 산언덕들에서는 벌써 억새풀과 같은 풀들이 푸른색을 띠
며 겨울잠에서 깨여나고 있는가 하면 골개물이 풀리기 시작한 산골
짜기들에서는 어느새 버드나무들이 가지마다 서둘러 그 보들보들한
부드럽고 새하얀 버들개지들을 등에 업느라고 분주하다. 뿐만이 아
니다. 양지쪽에 자리 잡은 밭과 들에서는 냉이나물과 같은 이른 봄
에 피는 여러 가지 봄나물들이 제법 파아란 잎새를 자랑하며 풀포
기 모양을 갖추느라 야단이다. 이런 봄계절 대자연의 움직임은 분명

나에게 알려준다. 나의 기다림의 새해 봄이 끝내 바야흐로 시작된다고…

나는 작년 봄부터 시작하여 지지리하게 거의 1년 동안이나 금년 봄을 기다려왔다. 그렇다. 나는 대자연의 봄계절이 움직임을 읽으며 작년 봄에 서막을 올린 나의 그 기다림의 사연을 담은 현실이 서서히 클라이맥스에 이르고 있음을 피부로 느낀다. 그러면서 둘 중 하나 현실의 해답을 나는 초조히 안타까이 아니 두렵게 손꼽아 기다려본다. 또한 그러는 사이에 날이 가고 달이 가고 세월이 흐르면서 바야흐로 진달래꽃이나 살구꽃과 같은 봄꽃들이 피어나고 그와 더불어 점차 갖가지 나무들에 파란 잎새가 피어난다. 허나 시작처음부터 예감이 좋지 않다. 손에 손을 꼽으며 기다려도 이 잎이 파아랗게 피기 시작한 나의 침실 앞 백양나무숲에서는 그 새가 울지를 않는다. 아니. 그 새가 그 백양나무로 찾아오지를 않는다. 그 작년 봄 피를 물고 울던 새가 말이다. 날이 가고 달이 가고 봄철도 점차 다 가고 나의 침실 앞 그 백양나무가지에 잎새들의 푸름이 점점 왕성하게 짙어가며 여름이 서서히 다가오고 있음에도 말이다…

생각해보면 새들의 소리를 놓고 나 같은 인간들이 주제넘게 제 나름대로 해석적인 말씀들을 하신 것 같다. 새들이 노래한다고. 새들이 우짖는다고, 새들이 운다고. 새들이 지저귄다고… 허나 사실 새들의 그 소리에 담긴 진정한 의미와 깊이를 인간들이 어찌 안다고 할까? 그것도 그렇게 수월히 말이다. 하지만 말이다. 나는 작년 봄 나의 침실 앞 백양나무 숲에서 그 새는 정녕 울었다고 생각하며 또한 그렇게 믿는다. 아니, 그것도 그저 운 것이 아니라 슬피슬피 피터지게 울었다고 나는 믿으며 그것이 사실이라고 지금에 와서는 더욱더 엄연하게 단정하고 긍정할 수밖에 없다.

몇 해 전 우리 한 가정은 연길시2중 동쪽의 한 아파트로 이사를 갔다. 부르하통하 강둑 아래 남향으로 앉은 이 아파트는 남북향에 침실 하나씩 달린 집이다. 하여 북쪽에 자리 잡은 나의 침실은 그 강둑위에 백양나무 숲과 불과 6-7미터 사이를 두고 있다.

작년 봄이다.

나의 침실 앞 그 백양나무들에 잎이 피기 시작했다.

그러자 그 백양나무 숲속에서는 어느 날부터인가 새가 울기 시작했다. 그것도 여러 마리 새가 함께 그 백양나무숲을 찾아와서 우는 것이 아니라 한 마리 새가 그 백양나무 숲을 찾아와서 단 혼자 홀로 외롭게 울고 또 우는 것이었다. 그것도 이른 새벽부터 저녁 늦게까지 홀로홀로 말이다.

그랬다. 작년 봄 그 새는 말이다. 이른 새벽 내가 잠에서 깨여나기 전부터 나의 침실 앞 백양나무 숲에 찾아와서 홀로 울고 또 울었다. 아니. 홀로 우는 그 새의 울음소리에 나는 잠을 깨야 했다. 그리고 그 새는 말이다. 저녁 늦게 내가 잠들 때까지 그 백양나무 숲에서 홀로 울고 또 울었다. 아니, 내가 잠든 후에도 그 백양나무 숲에서 그 새는 홀로 울고 또 울었다. 하여 나는 작년 봄 아침저녁으로 잠을 설쳐야했다. 아니, 나는 홀로 울고 우는 그 새의 울음소리에 정말 얼마나 잠을 설쳤는지 모른다.

"찍! 찍! 짹! 짹! 찍!— 짹! 짹!—"

일반적으로 사람들은 새들의 소리는 거개가 너무너무 아름다워 무척이나 즐거워한다. 그건 감성이 무딘 나도 마찬가지이다. 허나 나는 그 새의 소리만은 울음소리로 받아들여서인지 즐겁지 않았다. 아니 즐겁게 받아들일 수가 없었다. 그 새의 소리자체가 아름답지 못하여서? 아니면 그 새가 아침저녁으로 나의 잠을 설쳐놓아서? 아니. 아니. 모두 아니었다. 그럼??… 아, 그렇다. 그 새의 소리에는 어딘가 슬픔과 하소가 너무너무 깊이 서려 있는 듯싶어 도저히 즐겁게 받아들일 수가 없었다.

밤낮이 따로 없이 15초 정도의 시간적 간격을 두고 그렇게도 자지러지게 그렇게도 극성스레 그렇게도 처량하게 그렇게도 이악스레 단 한 번의 쉼도 없이 계속 울어대는 그 새… 아마 인간을 포함한 그 어떤 동물도 그 새처럼 시도 때도 없이 그렇게만 울어댄다면 지레 울음에 지쳐 죽어버렸을 것이다. 하지만 그 새는 말이다. 그렇게 그 소리 그 모양대로 하루도 빠짐없이 나의 침실 앞 백양나무 숲에서 홀로 울고 또 울었다. 하여 나는 저런 종류의 새들이 모두 저러는 걸까? 하는 의문에 늦은 밤 이른 새벽에 몇 번이나 한낮이면 많은 새들이 그 새의 소리와 똑같은 소리로 우짖고 지저귀대는 나무

숲들로 어슬렁어슬렁 찾아가 보았다. 허나 낮에 우짖고 지저귀던 그런 종의 새들은 어디로 갔는지 그 나무숲들은 바늘 하나 떨어져도 고요를 깨뜨릴 정도로 조용했고 그 새처럼 울어대는 새소리는 아예 한마디 듣고 죽자 해도 없었다. 하다면 그 새만은 왼 일인가? 왜서 딱히 나의 침실 앞 백양나무숲에만 홀로 찾아와서 그렇게 시도 때도 없이 피터지게 울어대는 걸까?

나는 새들이 보통 봄철에 짝짓기를 하는 것으로 알고 있다. 그렇다면 짝짓기를 위해 그 새가 짝을 부르느라고 그렇게 울어대는 걸까? 아니, 그러면 그 백양나무 숲에서 최저한 두 마리의 새가 서로 주고받는 화답 같은 지저귐 소리로 울어댈 것이다. 그리고 정녕 짝을 찾는 새라면 한낮에 자기와 같은 종의 새들이 많이 모여 있는 다른 나무숲을 찾아가 상대를 부르며 지저귈 것이고 절대 이른 새벽부터 밤늦게까지 딱히 나의 침실 앞 백양나무 숲에 홀로 찾아와서 울어댈 수는 없는 일이다. 그럼 새끼를 잃은 불행으로 우는 새일까? 아니, 그럴 수도 없다. 왜냐 하면 그 새가 나의 침실 앞 백양나무 숲에서 울기 시작한 이른 봄철에는 새들이 짝짓기를 시작하는 시기로서 알을 품을 둥지조차 마련하지 않는다. 그리고 정말 천방야담같이 일찍 까 낳은 새끼가 있고 또한 그 새끼를 잃었다면 암수 중 한 마리의 새만이 시도 때도 없이 딱히 나의 침실 앞 백양나무 숲에만 홀로 찾아와서 울어대라는 법도 없고 또한 그렇게 울어댈 수도 없다. 그렇다. 한낮이면 나의 침실 앞 백양나무 숲에서 별로 멀지도 않은 강역 버드나무 숲에서는 한창 그 새와 똑같은 종의 새들이 수없이 모여 짝을 찾느라고 우짖으며 법석이지 않은가. 헌데 그 새는?… 하다면 그 새는 정녕 이성의 사랑하는 짝을 잃은 새란 말인가?! 사랑하는 짝을?!… 그래서 나의 침실 앞 백양나무 숲에서 그렇게도 자지러지게 그렇게도 극성스레 그렇게도 처량하게 그렇게도 이악스레 구슬픈 목청으로 하소연 같은 울음을 터뜨리는 걸까?!…

헌데 어느 하루 문득 그 새는 나의 침실 앞 백양나무 숲에서 울음을 끊었다. 아니, 그 날부터 그 새는 아예 그 나의 침실 앞 백양나무 숲에서 종적을 감추었다. 그러자 나는 그 새가 새벽부터 밤늦게까지 나의 침실 앞 백양나무 숲에서 울어댈 때의 그 듣그러움과 불편함과 미움보다도 그 어떤 이름 할 수 없는 허수함과 위구심이 나의 여린 가슴을 파고드는 걸 어쩌는 수가 없었다. 하지만 나는 혹여나 하는 요행심리의 의뢰심 하나로 이른 새벽부터 저녁 밤늦게까지 사흘 동안이나 은근히 그 새와 그 새의 울음소리를 기다려보았다. 허나 현실은 말 그대로 참혹하였다. 그 새는 종시 나의 침실 앞 백양나무 숲에 나타나지를 않았다. 그러자 시간이 감에 따라 나는 점점 나의 여린 가슴에 쌓여지는 불길한 예감으로 하여 종시 가만 있을 수 없었다. 하여 나흘날 이른 새벽 나는 나의 침실 앞 그 백양나무가 줄줄이 늘어서있는 강둑께로 나갔다. 그리고 백양나무 아래를 몇 번이나 오가며 아기풀들이 피어나기 시작한 땅바닥을 샅샅이 살펴보았다. 그러던 차 나는 마침내 한 백양나무 아래에서 죽은 새의 시체를 하나 발견하였다. 나는 그 새의 시체를 손에 주어 들었다. 별로 곱지도 않은 새였다. 그 새의 주둥이에는 피가 묻혀있었고 시체는 싸늘하게 식어있었다. 하지만 털만은 무척 부드러운 감각과 따스한 감각으로 나의 손에 와 닿았다. 그 시각 나는 그 자리에 굳어져버렸다. 그래 그 새가 정말 나의 불길한 예감처럼 이 백양나무 숲에서 피를 물고 울다가 피를 토하며 죽었단 말인가? 그리고 그 죽은 새의 시체가 바로 이것이고? 아니. 아니. 천만에 다른 원인으로 죽어도 새들은 완전히 피를 물거나 토하며 죽을 수 있지 않는가? 예를 들면 피를 토할 수 있을 정도로 무엇에 호되게 얻어맞거나 무슨 병으로 피를 물거나 피를 토하며 죽을 경우 말이다. 그리고 이 새의 죽은 시체와 나의 불길한 예감은 우연일치일 수가 있지 절대적 일치일 수는 없지 않은가?

그때 나는 어떻게 하나 그렇게 생각을 먹으려고 무진 애썼고 나의 그 불길한 예감과 그 새의 죽음을 연관시켜 생각하지 않으려고 무척 애를 썼다. 왜냐 하면 나의 여린 가슴으로는 그런 현실과 불길한 예감을 연관시켜 받아들이기는 너무나도 힘들고 벅차기 때문에 말이다. 그래서인가 나는 나의 침실 앞 백양나무 숲에서 울던 그 새는 한때 무슨 원인으로 사랑하는 짝을 잃고 그 백양나무 숲에 홀로 찾아와 피터지게 울다가 새로운 훌륭한 짝을 만나 그 백양나무 숲을 떠나갔다고 믿음을 굳히기에 애를 썼다. 그러면서 내가 주은 그 새의 시체를 그런 종류의 새들이 우짖는 강역 버드나무 숲 아래에 고이 묻었다. 그리고 그 때로부터 금년 봄과 그 새를 기다리기 시작하였다. 새봄과 함께 그 새가 꼭 다른 한 짝과 아름다운 한쌍이 되어 다시 나의 침실 앞 백양나무에 나타나기를 미친 듯이 기대하면서 말이다.

사람들은 흔히 부부사랑의 정조나 지조를 곧잘 원앙새에 비교한다. 그렇다. 사람들은 원앙새가 평생을 일부일처제로 한쌍이 함께 살다 어느 한 짝이 죽으면 살아있는 짝은 다시 다른 짝을 찾지 않거나 지어 정조나 지조를 지켜 함께 죽어버린다고 상식적으로 믿고 있다. 하지만 말이다. 일부 조류학자들의 탐색에 의하면 원앙새도 짝을 잃으면 다른 짝을 얻을 뿐만이 아니라 일부일처제도 아니라고 한다. 그리고 내가 알건대 동물들은 거개가 일부일처제가 아니다

하지만 얼마 전 나는 텔레비에서 이런 다큐멘터리의 한 장면을 보았다.

러시아의 한 조류보호구담수호에 늦가을이 잡아들자 철새들이 남방을 찾아 떠나게 된다. 헌데 한쌍의 철새만은 자기의 무리와 함께 떠나지 못 한다. 왜냐 하면 그 중 수컷 새가 무지한 인간들이 놓은 그물에 걸렸다가 빠져나오느라 몸에 상처를 입었던 것이다. 그로 하여 그 새는 잘 날지를 못 한다. 그래도 그 수컷 새는 그 새무리와 함께 남방으로 떠나보려고 몇 번 날아본다. 허나 그 새는 매번 얼마 날지 못하고 갈숲에 내려앉는다. 그러자 그 수컷 새의 짝인 암컷 새가 안타까이 수컷 새를 인도하여 수차 날아본다. 하지만 그 수컷 새는 번번 얼마 날지 못하고 갈숲에 내려앉으며 실패한다. 그러자 그 암컷 새는 아예 자기도 그 새무리와 함께 남방으로 갈 것을 포기하고 그 수컷 새와 함께 그 담수호에 남는다…

그 다큐멘터리의 해설을 맡은 조류학자는 눈물을 흘리며 말씀한다.

"이제 겨울이 오면 저 한쌍의 새는 철새이기에 이 담수호에서 굶주림과 추위로 죽게 됩니다."

나는 그 다큐멘터리를 보면서 작년 나의 침실 앞 백양나무숲에서 울던 그 새와 내가 백양나무 밑에서 주었던 새의 시체를 떠올려본

다. 그리고 인간을 생각해본다. 만날 자기가 만물의 영장이라고 이 지구덩어리에 최고급동물이라고 자랑하는 인간을…

아! 아! 이 봄도 이젠 다 간다. 그리고 여름이 서서히 다가오고 있다. 헌데 그 피를 물고 울던 새는 오지를 않는다.

'통신원'의 실수

□ 김소연

1. '통신원'으로 되다

　대여섯 살 여자애가 어른들 틈에 끼어 기차에 오른다.

　그리고는 창문 쪽에 앉아 도정신하여 밖을 내다본다.

　기차가 한 개 역전을 지날 때마다 입술이 나불거리며 손가락을 꼽는다. 한 정거장, 두 정거장, 세 정거장, 다 왔다!

　팔가자 역에서 오른 여자애는 세 번째 정거장에서 내린다. 그리고는 기차가 가던 반대 방향으로 허허로운 들판에 뻗은 흙길을 따라 빼똘빼똘 바지런히 걷는다.

　한참동안 가다가 첫 마을을 지나고 생산대 우사가 있는 곳에서 오른쪽으로 꺾어들어 걷다가 맑은 실개울을 건너서 달구지길 오른

편에 하얀 회칠을 한, 울안이 넓은 독집으로 들어간다.

화룡시 용수평기차역과 동성기차역 사이에는 명신이라는 작은 승강소가 있었다. 어찌나 작은지 오르내리는 손님이 많아야 서넛, 혼자 오르고 내릴 때가 많았다. 게다가 주위는 인가 하나 없는 "광활한 천지"였다. 여기에 나의 큰 이모가 살고 있었던 것이다.

당시 민간에는 전화기가 없고 편지가 주요한 통신수단이었는데 편지 한 번 오가는데 열흘이나 걸렸단다. 그렇다고 일 전을 쪼개 쓰는 살림에 번마다 왕복 60전(어린이표 20전)씩 하는 기차표를 사고 큰 언니 집으로 다닌다는 건 생각만으로도 무서운 일이였단다.

그래서 어머니는 공짜 차를 탈 수 있는 다섯 살짜리 셋째 딸을 살살 달래서 '전장'으로 파견한 것이었다.

팔가자에서 명신으로 가려면 오후에 기차를 타는데 겨울에는 짧은 다리로 아무리 바지런히 걸어도 땅거미가 질 무렵에야 겨우 이모집에 닿을 수 있었다.

'통신원'이란, 꼬맹이가 온천하게 심부름을 잘한다고 이모네 집 언니 오빠들이 붙여준 별명이었다.

'통신원' '장관님'들은 해방 후 문맹퇴치 야학교에서 겨우 뜯개글을 배운 정도라서 그런지 글쪽지를 쓸 생각조차 없었다. 그래서 '통신원'은 '닭털 꽂은 편지' 한번 전해보지 못하고 구두소식만 날랐다. 그보다 더 웃기는 것은 '통신원'이란 애가 글자를 쓸 줄도 읽을 줄도 모르는 완전 '문맹'이라는 것이다.

그래서일까? 다섯 살 때 '부임'된 '통신원'인데 '사업연한'이 길어지면서 '장관님'들이 생각지도 못한 곳에서 삐걱삐걱 소리가 났다.

2. 한정거장 미달

여섯 살도 막가는 그해 겨울, 여느 때처럼 팔가자역에서 기차에 올랐는데 맞은편에 오누이로 보이는 소학생 언니 오빠가 앉아있었다. 내가 혼자인 것을 보고 어디로 가냐고 묻는 것이었다. 평시에 어머니가 늘 용수평 큰언니라고 불렀기에 나는 주저 없이 용수평에 간다고 대답했다.(후에 어머니에게서 들은데 의하면 명신승강소가 선지 몇 년 안 되는데 그 전에는 용수평역에서 내려서 명신까지 걸어갔다고 한다. 그래서 용수평 큰언니로 입에 올랐다는 것이었다) 그때까지 명신이란 이름을 들어보지 못 했으니깐. 기차가 칙칙 가쁜 숨을 토하며 두 번째 정거장에 들어서니 소학생 언니가 나를 불렀다.

"얘, 용수평에 다 왔다."

"여기 아님다."

"여기 용수평역이다. 빨리 내려라"

"나는 세 번째 역에서 내림다."

"저기 용수평이라구 써놓았잖아? 빨리 내려, 차 떠나겠다."

여지껏 말이 없던 오빠도 급해나서 소리쳤다. 여긴 두 번째 역이 맞는데? 하면서도 그 언니 오빠들이 용수평이라고 자꾸 우기니까 나는 헷갈렸다. 어리벙벙해서 그 언니 오빠에게 떠밀리우다 싶이 기차에서 내렸다. 내려서 보니 역전도 크고 사람도 많고 …눈에 익은 것이라 곤 아무것도 없었다. 어리바리해서 여기저기 둘러보는 사이에 기차는 붕— 기적 울며 떠나가 버렸다. 그제야 무서움에 온몸이 오싹해났다. 왕— 울음이 터져 나왔다. 손님이 다 빠져나간 플래트홈처럼 내 머리도 텅 비여버렸다. 어떻게 하지? 어떻게 하지? 땅바닥을 핥는 회오리바람처럼 머릿속에는 같은 생각만 자꾸 고패쳤다.

날이 어둡기 전에 집을 찾아야지. 눈물을 닦고 주위를 살펴보았다. 겨울 해는 벌써 내 꼴 봐라고 서산으로 달아나고 집집의 굴뚝에서는 저녁연기가 모락모락 피어난다. 까마귀도 까옥까옥 새끼를 부르며 둥지를 찾아 날아가는데 멀지 않은 곳에서 한패의 언니들이 차개(나무 꼬챙이로 땅바닥에 칸을 쳐놓고 작은 돌멩이를 발로 차 넣으며 노는 놀이) 놀이하는 것이 보였다. 나는 쭈밋쭈밋 언니들이 노는 데로 걸어가서 아무 말도 못하고 옆에 가만히 서있었다. 면목 없는 애가 눈물을 훔치며 서있는 것을 발견한 언니들이 우르르 몰

려와서 왜 우니? 어디서 왔니? 캐어묻더니 그중에 짧은 쌍태머리
언니가 말했다.

"먼저 우리 집에 가 저녁 먹고 찾아보자."

칼바람이 몰아치는 겨울밤에 솜옷도 변변히 입지 못 한 일여덟
언니 오빠들이 나를 데리고 용원, 용호, 용강…가볼만한 주위 촌락
을 다 돌아다녔다. 억울하고 춥기는 했지만 언니 오빠들과 함께 라
서 하나도 무섭지 않았다. 하지만 용수평에 있지도 않는 이모집이
나타날 리 없었다.

이튿날 오전, 쌍태머리 언니는 나를 역전까지 바래다주면서 신신
당부했다.

"두 번째 정거장에서 내려야 돼~"

두 번째 역에서 내리니 익숙한 팔가자역이 나를 맞아주었다. 개찰
구를 빠져나와 덩그렇게 높은 역전 건물 앞에 서서 눈에 익은 마을
을 내려다보니 이틀 동안 쌓였던 설음이 왈칵 북받쳐 올랐다. 눈물
을 훔치며 다시 역전 건물을 뒤돌아보았다. 잃어버렸던 엄마를 다시
찾은 것처럼 발걸음이 떨어지지 않았다…

3. 한 정거장 지나치다

일곱 살 여름의 어느 날 이모 집으로 가는 기차에 몸을 실었다.
세 번째 역에 와서 기차는 섰는데 차문을 열지 않았다. 기다려도
동정이 없었다. 그래서 "문 열어주시요"하고 소리쳤더니 저쪽 바
곤의 차문에서 차장이 불쑥 머리 내밀며 "왜 이쪽 문으로 안 내렸
느냐"하며 야단이다. 이미 문을 닫았으니 다시 못 연다는 것이다.
여태까지 다녀도 이런 일이 없었는데. 내가 급해서 발을 동동 구르
며 엉엉 우니까 하는 말이 작은 승강소라서 차가 서는 시간이 1분
이라서 안된단다. 그러는 새에 차는 떠나겠다고 붕— 고동을 울리
며 몸체를 움찔움찔 했다. 온몸에 무서움이 확 덮씌우며 눈물이 좔

좔 쏟아졌다.

"어떻게 하지, 어떻게 하지…?"

승강문어구에 서서 그대로 울다가 문뜩 반짝! 하고 스치는 생각이 있었다. 기차를 타고 갔으니 철길 따라 되돌아가면 될게 아닌가?! 팔가자에는 철길이 여러 갈래지만 세 번째 역엔 한 갈래뿐이었어.

"여기… 철길이… 몇 갈래입니까?"

"한 갈래다."

호! 숨이 나왔다. 그래도 불안하고 억울하기는 마찬가지였다.

네 번째 역에서 내려 기차와 반대방향으로 철길을 따라 걸었다. 그런데 '뢰봉학습소조'의 언니오빠들이 위험하다고 철길에서 내리라고 팔을 잡아당긴다. 철길을 떠나면 안 돼! 내려서 걷는 척 하다가 다시 철길에 올라서 걸었다. 몇 걸음 못가 다시 언니오빠들에게 잡혀 내려왔다. 이렇게 숨바꼭질하며 역전 구역을 간신히 벗어났다. 그제야 시름 놓고 철길 따라 걸을 수 있었다. 한낮의 열기를 한껏 빨아들인 레루장과 뾰족돌이 뿜어내는 열기로 땀과 눈물이 범벅이 되어 줄줄 흘러내렸다.

역전 마을을 벗어나니 철길 양옆은 인가라곤 없는 무인지경이었다. 길게 드러누운 두 가닥 철길은 끝이 보이지 않는데 언제까지 걸어야 세 번째 역이 나타날까? 날이 어둡기 전에 세 번째 역까지 가야 되는데! 이런 생각에 다리가 아프고 맥이 없어도 앉아 쉴 염을 못 했다. 타박타박 뾰족한 돌멩이 길을 걷고 또 걸었다.

드디어 멀리서 세 번째 승강소의 하얀 대합실이 보였다. 어디에서 솟아난 힘인지 대합실 앞까지 달음박질해 갔다. 그리고는 숨을 헉! 헉! 몰아쉬며 털썩 주저앉아 버렸다. 순간 또다시 왈칵 눈물이 쏟아졌다. 으흐흐 몸서리가 쳐졌다.

이모네 집에 도착하니 긴 여름해도 지쳐서 쓰러졌는지 노을도 보이지 않고 이모네 식구들은 한창 늦은 저녁식사를 하고 있었다. 그 시간에 눈물과 먼지로 얼룩덜룩 쥐마당 같은 얼굴로 들어서니 모두들 깜짝 놀라 소리 지르는 것이었다. 그래서 빌빌 울면서 네 번째 역에서 잘못 내린 일을 말씀드렸더니 중구난방이었다.

"애가 똑똑하니까 찾아왔구나!"

"야, 온천하다"

작은 오빠가 제꺽 나를 안아 두 고패 휙─ 돌려놓으며 소리친다.

"우리 소연이 장하다! 장해!"

이모네 온 집식구들이 칭찬해 주고 오빠가 비행기 태워주니 자신이 정말 장한 일이나 한 듯 금방까지 시들시들 풀죽고 억울했던 기분이 싹 가셔지고 사기가 올라 헤벌쭉해졌다.

4. 잃어진 닭알

평시에 돈 나올 구멍이 없는 농촌에서는 공소합작사 수매점에 계란이나 팔아야 애들의 학용품이나 소금 살 돈이라도 마련할 수 있었다. 그래서 닭을 키워도 계란 줏는 재미뿐이지 일 년 가야 두 세 알 먹어보는 정도였다. 학교에서 한 해에 한번 들놀이 갈 때 밥곽에 계란 한 알 넣어온 애들은 온 하루 어깨가 으쓱했었다.

성격이 화끈하고 통이 큰 이모가 이렇게 귀한 계란 네 알을 삶아서 자식들 몰래 집으로 돌아가는 나의 보따리 속에 넣어주었다. 집에 돌아온 나는 크게 장한 일이나 한 것처럼 노래하듯 소리를 길게 뽑으며 자랑했다.

"마다매(이모)~ 계란~ 네 알을~ 삶아주면서~ 우리 형제들이~ 하나씩~나누어~ 먹으랍데다~."

그런데 이게 어쩐 일이지? 보따리를 헤치니 응당 네 알이어야 할 계란이 세 알 밖에 없었다. 다시 찾아보아도 세 알뿐이다. 속이 후끈 달았다.

큰 언니가 말했다.

"계란이 어디 달아날데 있니? 잘 찾아봐라."

"계란에 발이 없는데 어떻게 달아남다?"

천진한 동생의 말에 부모님들이 하하하 웃었다. 그런데 나는 조금도 우습지 않았다. 되려 웃는 식구들이 야속했다.

형제들이 먹을 때 부러울까봐 기차에서 먹고 싶은 걸 참고 또 참았는데! 재빨리 보를 쳐들고 탁!탁! 털었다. 그래도 더 나오지 않았다.

내가 억울해서 눈물을 글썽이자 큰언니가 달랜다.

"난 안 먹어도 된다. 네가 먹어라."

"너무 아까워서 그럼다. 난 진짜 안 먹었는데…"

나는 팔소매로 눈물을 닦으면서 대꾸했다.

후에 곰곰이 생각해 보니 덜컹거리는 차 칸에서 닭알이 먹고 싶어서 보따리를 풀었다 싸맸다. 또 풀었다 싸맸다 할 때 굴러 나온 게 틀림없었다. 어머니의 말씀처럼 단계가 옅었던 것이다.

그 잃어버린 계란 한 알이 아깝고 억울했던 기억이 영원히 잊혀질 것 같지 않다. 계란 한 알에 눈물을 글썽이었던 나의 몸에는 지금도 절약정신이 고스란히 배어있다. 그래서인지 형제나 친구들에게 내어줄 때엔 헌헌하지만 자신에 대해서는 항상 "째째하고 좀스러워" 형제들의 감탄을 자아낸다.

"엄마를 똑 떼 닮았어."

‖ 수필 ‖

아버지란
그 이름은

□ 박영희

"안녕하세요? 행복한 하루입니다."

　새벽의 정적을 깨뜨리는 알람소리가 울리자 아버지는 자리를 털고 자리에서 일어나신다. 모두가 달콤한 새벽잠에 푹 빠져있는데 아버지의 하루는 시작된다. 무거운 배낭을 메고 어둑어둑한 새벽거리를 터벅터벅 걸어가는 아버지의 뒤 모습은 너무나도 쓸쓸하고 외로워 보인다. 새벽길을 나선 사람들 모두 추위에 몸을 오싹 움츠리고 발걸음을 다그치고 있다. 아버지도 그들 속에서 발걸음을 재우치고 있다.

　현장에 도착한 아버지는 동서남북에서 모여온 인력들과 함께 하루 일을 시작하신다. 현장일은 너무너무 어지럽고 고되다. 꽃샘추위가 뼛속까지 스며들었지만 아버지의 얼굴은 땀벌창이다. 손, 발, 얼굴은 추위로 꽁꽁 얼어들지만 등곬으로는 땀이 끊어진 구슬처럼 흘러내린다. 손은 추위로 얼어서 놀림이 많이 불편하다. 하지만 아버지는 입김으로 손을 녹여가면서 일손을 다그쳤다. 현장에는 도처에 위험이 도사리고 있다. 높은 곳에서 일하실 때는 외나무다리 건너듯이 항상 모든 정신을 가다듬어야 했다. 겨울이면 시멘트 바닥에 살얼음이 껴서 어찌나 미끄러운지 한 발자국을 내디뎌도 조심해야 했다. 이 외에도 많은 위험들이 마치 날카로운 발톱을 드러내고 어린 양에게 덮치려는 호랑이처럼 후미진 곳에 숨어있다. 매사에 조심, 조심, 또 조심해야 했다.

새벽 별을 이고 일터로 나가셨던 아버지는 저녁달을 지고 돌아오신다.

"어, 추워~!"

입김으로 손을 후후 불면서 집에 들어서시던 아버지는 코를 벌름거리며 말씀하셨다.

"어, 구수하다. 냄새 하나 죽이네."

보글보글 뚝배기에서 끓는 청국장은 온 하루 추위에 떨면서 고생하신 아버지께 드리는 어머니의 따뜻한 마음이며 사랑의 선물이다.

어느 때부터인지 지구는 변하기 시작했다. 온난화로 겨울이 지나면 찾아오던 따뜻한 봄이 어디론가 가뭇없이 사라지고 여름이 성큼 찾아온다. 햇볕이 쨍쨍 내리쬐는 무더운 여름, 현장에서 일하시는 아버지에게는 너무나 혹독한 고문의 계절이다. 35도를 넘나드는 무더위에서 일하는 아버지의 작업복은 땀자국으로 얼룩졌고 온몸에 빨갛게 돋은 땀띠는 보는 사람으로 하여금 소름이 돋게 한다. 잠시 쉬는 시간에 옷을 벗어 쥐어짜면 창대 같은 소낙비를 흠뻑 맞아 물참봉이 된 사람의 옷을 방불케 한다. 이렇게 하루에 젖었다 말랐다 몇 번을 하고 나면 옷은 원색을 찾아볼 수가 없고 땀으로 얼룩덜룩한 무늬로 지도를 그려놓는다. 꽁꽁 얼었던 생수도 아버지의 손에선 몇 분이 안 되어 더운물로 변한다. 이렇게 아버지는 매일 무더위와 싸우신다. 옥상에서 일하는 날이면 완전히 찜질방, 아니 활활 타오르는 불가마에서 일하는 것이다. 햇볕을 피할 수 있는 곳은 찾아볼 수가 없고 온몸으로 자연이 주는 불볕을 그대로 고스란히 받아야만 했다. 흐르는 구슬땀으로 얼굴을 닦으면서 아버지는 우스갯소리를 한다.

"허허, 온몸에 먼지를 뒤집어써도 얼굴은 항상 깨끗하네."

점심시간은 아버지에게 있어서 제일 좋은 휴식시간이다. 현장에 배달해 온 도시락은 집에서 한 밥에 비하면 너무나도 차이가 많다. 하지만 고된 일 뒤끝에 드시는 밥은 이 세상 그 어디세서도 맛볼 수 없는 별미 중의 별미다. 밥술 놓기 바쁘게 자리를 찾아 누운 아버지의 코에서는 어느새 몸과 마음의 피곤을 알리는 낮은 코 고는 소리가 흘러나왔다. 그에게 있어서 이 낮잠은 꿀보다 더 달콤하고 황금보다 더 귀하다. 매일 흙과 먼지, 불볕, 추위와 씨름하지만 자신의 손에서 다듬어진 완성품들을 보시는 아버지는 매우 흐뭇해하셨으며 그럴 때마다 얼굴에는 보기 드문 미소가 어렸다.

아버지는 1년 365일 현장일은 물론 양계장, 양돈장, 길닭기, 자동차 부속품공장, 비닐제품 만드는 공장, 시멘트공장, 아무튼 일할 수 있는 곳이면 물, 불을 가리지 않고 다 다녔다. 몸이 아파도, 일로 바빠도 항상 당신 자신보다 가족을 먼저 생각하셨다. 힘들어도 힘들다는 소리 한마디 안 하시고 언제나 모든 것을 참아내고 꿋꿋이 버텨나갔다. 어떤 때는 현장에서 일하시다가 한 사람의 실수로 모든 것이 물거품으로 돌아갈 때도 있다. 짜증 섞인 현장 책임자의 목소리는 하루 일에 지친 아버지의 마음에 송곳으로 박혔고 추호의 인간성도 없이 지칠 대로 지친 노동자들에게 마구 퍼붓는 욕설은 아버지의 인간성을 건드릴 때도 있다. 아버지는 모든 것을 때려 엎고 고향으로 돌아가고 싶은 생각을 한 적이 한두 번이 아니었다. 너무나도 억울하고 원통한데 하소연할 곳이 없어 애꿎은 가슴만 뜯었다. 하지만 아버지란 남편이란 그 이름은 아버지로 하여금 모든 것을 이겨내고 묵묵히 그 자리를 지켜나가게 하였다. 십년이면 강산이 변한다고 한다. 아버지는 이렇게 십여 년을 타향에서 자기를 잊고 하루하루를 이겨왔다.

정년퇴직하기 전 아버지는 많은 사람들의 부러움을 받는 직장에서 정상적인 출퇴근을 하면서 낮에는 직장에서 동료들과 함께, 저녁에는 집에서 사랑하는 아내와 귀여운 아들과 웃음꽃 피우면서 행복하게 나날을 보냈다. 개혁개방의 물결과 더불어 아버지도 많은 동료들처럼 직장을 떠나 타향으로 갔다. 타향에서 아버지의 손에는 항상 흙먼지가 묻어 있었고 얼굴은 구슬땀으로 얼룩졌고 작업복은 먼지와 땀으로 삶의 고달픔이 그려져 있었다. 어느 때부터인지 아버지의 얼굴에 있던 그 정다운 웃음기와 인자하던 모습이 사라지기 시작하면서 사무직으로 출근할 때의 아버지의 다정다감하던 그 모습을 찾아볼 수가 없게 되었다. 타향에서 아버지의 하루하루는 먼지와 땀, 고독과 괴로움, 억울함과 울분으로 이어졌다. 하지만 아버지란 그이름, 남편이란 그 이름은 아버지로 하여금 그 어떤 어려움과 역경속에서도 기죽지 않고 꿋꿋이 허리 펴고 나가게 하였다.

온 하루를 찌는 듯한 불볕 속에서 숨 막히는 무더위와 싸우고 하루 일을 끝낸 아버지는 퇴근길에 오른다. 지친 몸을 이끌고 버스정류소로 가는 아버지의 어깨는 너무도 무겁다. 한걸음 한걸음 걸어가는 아버지의 발자국에는 아버지의 인생이 찍혀져 있다. 몸은 피곤하지만 아버지로서 또 하루를 이겨냈다는 자호감과 행복감을 느끼며 터벅터벅 집으로 걸어가고 있다. 고되고 힘겨워도 아버지는 신음소리 한번 없이 모든 것을 이겨내고 슬프고 외로워도 마음속으로 눈물을 삼키면서 홀로 모든 것을 이겨냈다.

일터에서 집까지 오려면 버스 타고 아홉 정거장, 전철 타고 열두 정거장을 와야 한다. 퇴근시간이면 버스는 비비고 들어설 자리도 없다. 사람들 사이에 끼어서 붕 떠가기도 한다. 전철 안은 사람이 너무도 많아 콩나물시루를 방불케 한다. 어쩌다 운 좋으면 몇 정거장은 자리에 앉아 올 수 있다. 그런 행운은 한 달에 몇 번 찾아오지 않는다. 차창가에 기대서서 눈을 비스듬히 감고 핸드폰에서 흘러나오는 노랫소리를 듣는 아버지의 얼굴에는 가드다란 미소가 어리더니 나중에는 신중한 빛으로 변해갔다. 트로트가수 장민호 가수가 부른 노래 "남자의 인생"은 우리네 아버지들의 인생 이야기를 쓴 노래이며 평범한 남자의 인생 이야기를 쓴 노래이다.

남자의 인생~
어둑어둑 해질 무렵 집으로 가는 길에
빌딩 사이 지는 노을 가슴을 짠하게 하네

광화문 사거리서 봉천동까지 전철 두 번 갈아타고
지친 하루, 눈은 감고 귀는 반 뜨고 졸면서 집에 간다
아버지란 그 이름은 그 이름은 남자의 인생
그냥저냥 사는 것이 똑같은 하루하루
출근하고 퇴근하고 쌍문동까지 서른아홉 정거장.
운 좋으면 앉아가고 아니면 서고 지쳐서 집에 간다
남편이란 그 이름은 그 이름은 남자의 인생

그렇다! 아버지란 그 이름은 남자의 인생이며 남편이란 그 이름도
자의 인생이다. ⌵

사춘기, 못난 뿔에 피어난 향기

□ 표영란 (교원)
심양시 화평구 서탑조선족소학교

"그 학급의 그 학생이 글쎄, 이게 말이나 됩니까…"

핑글핑글 돌아가는 도수안경을 콧등에 얹은 음악선생님이 핵핵화를 내신다.

'에쿠, 또 그 말썽꾸러기가 사달을 일으킨 모양이군…'

사달을 일으킨 주인공의 이름은 철남이다. 부모가 외국에 돈 벌러 나가고 할머니와 함께 있는 애인데 한창 사춘기에 처해있는지라 평소에도 걸핏하면 애들과 역정 내고 싸움을 자주 하여 골치단지였다. 그런데 그 애가 또 음악시간에 선생님과 빡빡 대들며 소동을 일으켰다는 것이다.

'이 일을 어찌 한단 말인가…'

부지중 "원수를 사랑으로 판결하라"는 입센의 명언 한마디가 떠올랐다.

'그래, 부모의 사랑이 결핍한데다가 사춘기의 예민한 특성으로 하여 그 애에게도 필경 피치 못할 연유가 있으리라.'

오후 휴식시간, 나는 그 애를 조용히 불러 연유를 물었다. 그리고 철남이가 맘대로 말하도록 그 애의 말에 열심히 귀를 기울여주었다. 그러자 철남이는 나의 부드러운 태도에 용기를 가지고 사실의 전후 과정을 주욱 말하는 것이었다.

사실인즉 철남이가 장난감필을 몰래 가지고 음악실에 갔는데 다른 친구가 그의 필을 고의적으로 바닥에 떨어뜨렸기에 마침 그것을 줍는데 선생님께 발견되어 비평받았다는 것이었다. 그러자 그는 발끈해서 "필은 다른 친구가 떨어뜨렸는데 왜 나만 비평합니까?" 하며 선생님께 대들었다는 것이었다.

"아, 그랬었구나. 필을 떨구어버린 그 애에게 확실히 잘못이 있구나."

나는 우선 철남이를 철저히 긍정해주면서 그에게 힘을 실어주었다. 그러자 억울함으로 꽉 차있던 그 애 얼굴엔 대뜸 화기가 돌면서 안정을 찾는 것이었다. 나는 제꺽 그때를 놓칠세라 말의 뒤 끝에 그루를 박는 것도 잊지 않았다.

"그러나 너에게도 잘못은 있지. 음악시간에 규정을 어기고 장난감 필을 가져간 것부터 틀렸잖아. 그리고 암만 억울하다 하여도 선생님에게 빡빡 대들면 선생님의 입장은 어떻게 될까. 그리고 그번 과당 시간에 지장을 주는 건 어쩌고?…"

커다란 눈을 슴벅거리며 묵묵히 내 말을 듣고 있던 철남이는 그제야 좀 계면쩍어 하며 "잘, 잘못했습니다."라고 혀 아래 소리로 나직이 한마디 내뱉는 것이었다. 나는 그 애의 머리를 정답게 쓰다듬어주면서 한결 더욱 부드럽게 말해주었다.

"이젠 괜찮아. 시름 놓고 교실에 들어가서 공부하거라."

그날 자습시간, 나는 학급주제모임을 가졌다.

"동무들, 생활의 재현은 새로운 도약을 위한 거울이 될 수 있습니다. 오늘 주제모임은 음악시간에 일어난 소동을 재현하는 것으로써 우리 모두의 자세를 다시 한 번 점검해보는 시간을 갖도록 하겠습니다."

말을 마친 나는 다른 애들을 시켜 음악시간의 장면을 다시 재현하게 하고 그에 대한 자신의 견해들을 발표하게 하였다. 다른 애들이 재현하는 제 모습을 돌이켜 본 철남이는 부끄러워 점점 고개를 수그렸다. 학생들 모두가 분분이 손들고 음악시간 소동에 대한 자신의 견해를 피력하였으며 나중에 철남이도 자신의 잘못을 뉘우치면서 새로운 출발을 다짐하였다.

그렇다. 사춘기 아이들은 생리적으로 신경이 예민하고 걸핏하면 외밭으로 삐져나가기 일쑤다. 그렇다 하여 그 애들을 방임해두거나 무작정 죽지르기만 하면 점점 더 나쁜 결과를 맛보게 될 것이다. 못난 송아지 궁둥이에 난 뿔이지만 너그럽게 품어주는 따사로운 사랑만이 비뚠 나무를 올곧게 자라게 하는 교원의 미덕이리라.

한차례의 소동으로 인한 학급주제모임은 기타 학생들에게도 좋은 학습의 기회가 되었지만 나에게도 교원의 좋은 사색의 공간을 열어주었다.

"태양아래 교원이라는 직업보다 더 성스러운 직업은 없다"는 명언에 걸맞은 교원이 되자. 그러려면 우선 학생들의 결함마저 품고 다듬어주어야 하리라. 그리하여 학생들을 미래의 역군으로 육성하는 미덕으로 끝없이 자신을 재충전해야 하리라.

자랑찬 인민교원의 긍지, 새삼스레 가슴이 들먹임을 뿌듯하게 느껴본다.

‖ 우화 ‖

고양이형제 (외 1편)

□ 와 룡

붕어 한 마리를 잡아온 엄마고양이는 두 아들 야옹이와 가릉이를
보고 말했습니다.

"엄마가 길 건너 '깡충이네슈퍼'에 가서 식초를 사올 테니 조금만
기다려라. 내 갔다 와서 맛좋은 붕어생회 만들어주마!"

"붕어생회 좋지요! 짭짭!"

"엄마, 백 개 셀 새 만들어줘!"

엄마가 나간 뒤 야옹이와 가릉이는 큰 눈이 유리알처럼 올롱해서
엄마가 언제 문 떼고 들어서나 출입문만 바라보며 기다렸어요.

"근데 말이야" 야옹이가 가릉이를 보고 물었어요. "만약에 지금
엄청 큰 엄마 쥐가 나와서 붕어를 물어가려고 하면 넌 어쩔 테니?
무서워서 피하겠니, 덤벼들어서 싸우겠니?"

"까짓 쥐가 크면 뭐 코끼리만큼 크겠어? 나오기만 하면 내가 잡
아치울 꺼야!"

"너 큰소리쳐도 정작 엄마 쥐가 나오면 내 등 뒤에 숨을 걸…"

"쳇, 나를 이길 쥐가 있으면 나와 보라고 해! 쥐를 무서워 피하면 나 성이 고가가 아니야!" 가릉이는 가슴을 툭툭 치며 큰소리 치고 나서 야옹이를 돌아보고 수염을 쫑긋하며 웃었어요.

"형이야말로 엄마 쥐가 나오면 무서워서 저 다락으로 올라갈 꺼야!"

"너 이 형을 뭐로 보는 거야! 난 쥐 같은 건 식은죽먹기로 잡을 만 해! 제깟 놈 어디 눈에 뜨기만 해 보라지, 요렇게 덮쳐 목덜미 물어 제낄 거야!"

야옹이는 살금살금 다가가서 폴싹 덮치는 동작을 해보입니다. 그 모양을 본 가릉이는 입과 코를 한데 모으고 가릉가릉 웃어댔어요.

"그렇게 무는 건 멋이 없어! 난 쥐가 바스락 하면 어느 틈에 난 요렇게 한달음에 달려가 붙잡을 거야! 내 발톱 좀 봐, 톱날처럼 날카롭다니깐!"

"난 쥐목덜미를 척 물고는 머리를 양켠으로 스무 번 휘두를 테다! 그럼 놈이 초죽음이 될 테지! 내 이빨은 송곳보다 더 뾰족해!"

"난 쥐를 붙잡아놓고 이렇게 양 앞발로 귀빰을 칠거야! 오른발로 왼쪽 귀빰, 왼발로 오른 귀빰 이렇게 탁탁탁탁…"

둘이 제자랑에 열 올릴 때 쥐 한 놈이 살금살금 굴속에서 기어 나왔어요. 쥐는 고양이 형제가 눈치 채지 못하게 붕어대가리를 물고 뒷걸음치며 굴속으로 살살 들이끌었어요.

야옹이와 가릉이가 자취소리에 고개를 돌렸을 땐 이미 붕어가 쥐 굴 속으로 거의 다 들어가고 있었어요. 깜짝 놀란 두 형제는 막 달려가서 붕어의 꼬리지느러미를 물고 힘껏 당겼어요. 하지만 꼬리지느러미가 쭉 끊어지면서 붕어는 쥐 굴속으로 영 사라져버렸어요.

두 형제는 너무도 맹랑해서 눈이 멀뚱멀뚱해 서로 마주 바라만 보았어요.

철없는 야옹아, 가릉아, 제자랑에 빠지면 쥐가 너희들 수염까지 뽑아갈 꺼야!

"사냥꾼이 온다!"

굶주린 여우 한 놈이 강변길로 어슬렁어슬렁 걸어가고 있었어요.

(야, 썰썰하구나. 꼬박 하루 동안 고기점이라군 구경도 못 했네! 황소영감네 양계장에서 훔쳐온 닭고기를 어제까지다 먹었으니 오늘은 어떻게 한담? 뭘 좀 훔쳐오든지 **빼앗아**오든지 해야겠는데… 저 물에서 팔뚝만한 잉어라도 '여우님, 절 드세요.' 하고 훌쩍 뛰어나왔으면 얼마나 좋을까! 하다못해 살기 싫은 꿩이라도 한 놈 날개를 접고 내 발 앞에 뚝 떨어져 모가지가 부러져도 좋으련만…)

제 좋은 궁리를 하면서 강굽이를 돌아서던 여우는 제자리에 우뚝 멈춰 섰어요.

강물이 폭포처럼 날아 내리는 곳에서 고기를 잡고 있는 곰을 보았던 거예요. 해마다 이맘때가 되면 연어 떼가 알을 쓸러 강을 따라 올라 오군 하는데 곰은 물이 떨어지는 곳에서 기다리면서 연어사냥을 하지요.

연어 한 마리가 떨어지는 물을 거슬러 날아오르는 순간 곰은 덥석 한입에 물었어요.

곰은 선자리에서 커다란 연어를 북북 찢어서 먹는 것이었어요. 분홍색의 연어 속살이 유난히 여우의 눈을 자극했어요. 여우는 입술을 감빨며 달걀 침을 꼴깍 삼켰어요.

(저 살찐 잉어!. 어떻게 하면 저걸 이 여우님의 밥으로 만들까? 뚝바우 같은 놈이 원체 힘장사이니 힘으로 **뺏을** 수는 없는 거고… 기다렸다가 저놈이 집으로 가져간 다음 훔칠까? 안 돼! 배가 꼬르륵 타령을 불러대는데 그때까지 어떻게 기다린담?)

여우는 곰이 두 번째로 연어를 잡자 갑자기 기겁한 소리를 지르면서 곰 앞으로 달려갔어요.

"사냥꾼이 온다!"

곰은 화들짝 놀라 후닥닥 뛰쳐 일어났어요.

"그게 정말이냐?"

"제가 아저씨를 속이겠나요? 사냥개들까지 데리고 와요. 빨리 달아나요…"

곰이 연어를 입에 문채로 일어서자 여우는 제꺽 고기를 **뺏어** 땅바닥에 내던졌어요.

"고길 가지고 가면 사냥개들이 비린내를 맡고 따라오라고요? 그냥 뛰어요."

곰은 여우의 말을 딱 곧이듣고 풀숲을 걷어차며 허둥지둥 내뛰었어요. 여우는 곰과 같이 내뛰는 체하다가 슬그머니 뒤에 쳐졌어요. 곰이 먼데로 가버리자 다시 연어가 있는 곳으로 되돌아왔어요.

(해해해, 이 여우님에게 감쪽같이 속았지. 세상 놈들이 다 저놈처럼 우둔했으면 얼마나 좋을까? 오늘 저 뚱보놈 덕분에 생일을 쇠게 됐는걸…)

여우가 연어에 혀끝을 살짝 대보며 눈을 조프리고 헤벌쭉 웃는데 저켠에서 급한 소리가 들려왔어요.

"사냥꾼이 온다!"

(엉?)

엉겁결에 자리를 차고 일어나 보니 멧돼지가 헐레벌떡 뛰어왔어요.

"얘. 사냥꾼이 온다. 어서 고길 버리고 달아나라!"

(정말일가? 아니야. 저 영감태기가 내 고길 홀려내자는 게야…)

여우는 쓰거운 듯 입을 비쭉했어요.

"누굴 속이려구… 흥!"

"속이다니?"

연어를 내흔들며 한눈을 찡긋하는 여우.

"해해, 요 연어가 욕심나 그렇죠? 하기사 알이 꽉 찬 연어는 더 없는 보신약이니까!"

"야, 빨리 뛰어라, 빨리…"

멧돼지는 소리치고는 몸을 돌쳐 허겁지겁 내뛰었어요.

여우는 수풀 속으로 사라지는 멧돼지의 뒷모습을 바라보며 깔깔 웃었어요.

(덧이빨쟁이 영감태기, 생김새보단 역어빠졌는걸. 하지만 상대를 잘못 찾았어! 협잡에 이골이 난 이 여우님을 어떻게 보고…?)

이때였어요.

"땅!"

수풀을 흔들며 야무진 총소리가 울렸어요.

여우는 손에 연어를 든 채 제자리에 폴싹 고꾸라지고 말았어요.

편 집 후 기

● 「아동문학샘터」文學誌는 창간호로부터 시작하여 中國의 연변인 민출판사, 흑룡강성조선민족출판사 등 여러 출판사를 옮겨가며 그 맥을 이어오다가 통권 제23호부터는 韓國 학술정보출판사를 통하여 출간을 이어가게 되었다. 몇 배나 값비싼 출판가격에 대한 회피도 있었지만 그보다도 조상의 얼이 숨 쉬는 고국 땅에 조선족의 아동 문학을 널리 홍보함으로써 세계 한민족아동문학 대동맥에로의 통합 을 하루 속히 꾀하고자 함에 그 의의가 있다.

● 평생 조선족아동문학창작에 심신을 불태워 오신 김만석, 김득만, 한동해, 김동진, 정문준, 허두남 등 어르신님들께서 어김없이 원고 를 보내주셔 고맙기만 하다. 또한 멀리 해외에 계신 신현희, 신정 국, 김다정 등 회원님들의 작품도 빠짐없이 실을 수 있게 되어 내심 기쁘다.

● 아동문학의 제반 장르에서 창작상 군단적 발전을 해오던 데로부 터 각이한 유파와 풍격의 작품들이 대거 산출될 수 있었다는 것에 대해 다소 안위를 느낀다. 지극히 어려운 여건에서도 해마다 정기적 으로 펼치는 「중국 조선족아동문학탐구회」의 결실이 보여지는 듯싶 어 긍지감도 가져본다.

● 해마다 펼쳐지는 「옹달샘」 한중아동문학상, 「동심컵」 한중아동문 학상, 「세계동시문학상」, 「세계동화문학상」, 「샘터아동문학상」 수상 작품은 본 호에 실린 작품 가운데서 초심, 종심을 거쳐 최종적으로 선정, 시상하게 된다.

● 코로나 바이러스의 침해에도 아랑곳없이 왕성하게 동심의 문학 을 지켜주시고 한겨레 아동문학의 한길에서 용왕매진하는 회원 여 러분들께 감사드린다.

(주간, 발행인 金賢舜)

아틀란티스의 상공에 출렁이는 바다

아동문학샘터(2022년 통권 제25호)
초판인쇄 2022년 1월 15일
초판발행 2022년 1월 15일

지은이 중국 연년조선족자치주조선족아동문학학회

펴낸이 채종준
펴낸곳 한국학술정보㈜
주소 경기도 파주시 회동길 230(문발동)
전화 031) 908-3181(대표)
팩스 031) 908-3189
홈페이지 http://ebook.kstudy.com
전자우편 출판사업부 publish@kstudy.com
등록 제일산-115호(2000. 6. 19)

ISBN 979-11-6801-197-7 03810